A QUEDA DUM ANJO

Camilo Castelo Branco

TEXTO INTEGRAL

2ª EDIÇÃO

A ORTOGRAFIA DESTE LIVRO FOI ATUALIZADA SEGUNDO O ACORDO ORTOGRÁFICO DA LÍNGUA PORTUGUESA (1990), QUE PASSOU A VIGORAR EM 2009.

COLEÇÃO A OBRA-PRIMA DE CADA AUTOR

A QUEDA DUM ANJO

Camilo Castelo Branco

TEXTO INTEGRAL

MARTIN CLARET

Direção
Martin Claret

Coordenação editorial
Elisângela Alves

Produção editorial
Carolina Marani Lima / Alexander B. A. Siqueira / Jaqueline M. dos Santos / Giovana G. Leonardo Fernandes / Gabriele Caldas Fernandes

Direção de arte e capa
José Duarte T. de Castro

Miolo
Revisão: Pedro Baraldi / Nilda Nunes
Impressão e acabamento: Renovagraf

Dados Internacionais de Catalogação na Publicação (CIP)
(Câmara Brasileira do Livro, SP, Brasil)

Castelo Branco, Camilo, 1825-1890.
A queda dum anjo / Camilo Castelo Branco. — 2. ed. — São Paulo: Martin Claret, 2012. (Coleção a obra-prima de cada autor; 312)

"Texto integral"
ISBN 978-85-7232-812-8

1. Romance português I. Título. II. Série.

12-08728 CDD-869.3

Índices para catálogo sistemático:

1. Romances: Literatura portuguesa 869.3

EDITORA MARTIN CLARET LTDA.
Rua Alegrete, 62 – Bairro Sumaré – CEP: 01254-010 – São Paulo – SP
Tel.: (11) 3672-8144 – Fax: (11) 3673-7146
www.martinclaret.com.br / editorial@martinclaret.com.br
2ª reimpressão – 2024

Sumário

A queda dum anjo

Apresentação

Taís Gasparetti[1]

Sobre *A queda dum anjo*

Homem austero e erudito, Calisto Elói de Silos e Benevides de Barbuda, fidalgo rural de Agra de Freimas, era um leitor dos clássicos e defensor dos valores tradicionais da época. Casou-se com uma prima, Teodora Barbuda de Figueiroa, "menina estimabilíssima por virtudes, mas mais feia do que pede a razão que seja uma senhora honesta". No entanto, ainda que a beleza lhe faltasse, combinava muito bem aos modos do marido, com o qual vivia em harmonia.

"Convicto da podridão dos vereadores em particular, e da humanidade em geral", Calisto nutria o ideal de lutar contra a corrupção moral em sua pátria. Com esse propósito, e amparado por sua erudição e pelo dom da palavra, fez carreira política. Foi eleito deputado em Lisboa, para onde se transferiu com a mulher.

---

[1] Taís Gasparetti é produtora editorial e atua no mercado de livros há mais de dez anos. Graduada em Letras pela Unicamp, foi professora na rede particular e pública de ensino e participou das bancas de correção de Literatura e Redação da Comissão de Vestibulares (Comvest) do vestibular Unicamp. Atualmente é também redatora, *ghost writer* e revisora de textos.

Por seu conservadorismo, pela defesa da moral e dos bons costumes e pelo ataque à libertinagem da vida moderna, ganhou fama no parlamento. "O anjo vencia."

No entanto, a mesma vida que criticava começou a seduzi-lo — por meio da imagem de uma bela viúva, Dona Ifigênia Ponce de Leon. A vida decorre e o personagem vai sofrendo as influências da liberalidade dos "novos costumes". E Calisto passa a ter uma relação amorosa ilícita com a bela senhora. "Vence o demônio! Choram os anjos!".

Publicado pela primeira vez por volta de 1865, e com traços autobiográficos, *A queda dum anjo* é um retrato caricatural da vida social e política de Portugal no século XIX. Nota-se claramente a intenção de Camilo de satirizar, ao retratar, de modo risível, o caminho de "contaminação" que seguia a pátria portuguesa de sua época, influenciada por modas políticas, sociais, religiosas e culturais.

Em *A queda dum anjo*, Camilo Castelo Branco constrói uma alegoria entre a pátria e seu protagonista. Calisto desvirtua-se. Como Portugal.

O ESTILO

Camilo Castelo Branco costuma ter sua produção classificada pelos críticos como romântica. No entanto, alguns elementos de seu estilo levam outros a afirmar que o autor estaria entre os precursores do Realismo.

É verdade que há muito de sátira, ironia e sexualismo em sua obra, aspectos que destoam da estética do Romantismo. No entanto, foram diversas as críticas do autor ao movimento realista. No prefácio de *Amor de perdição* — talvez sua obra-prima —, ele chega a lamentar que vissem realismo em sua obra:

"O bom senso público relê isto, compara com aquilo, e vinga-se barrufando com frouxos de riso realista as páginas que há dez anos alfojava com lágrimas românticas. (...) Se, por virtude da metempsicose, eu reaparecer na sociedade do século XXI, talvez me regozije de outra vez ver as lágrimas em moda nos braços da retórica (...). ("Prefácio da quinta edição", *Amor de perdição*, 3ª edição, Martin Claret, 2011, p. 15).

Em 1882, já oficialmente inaugurado o Realismo em Portugal, Camilo Castelo Branco publicou *A brasileira de Prazins*, com características evidentes do Realismo/Naturalismo. Tornou-se um adepto? Satirizou o movimento? A crítica não chega a um consenso quanto a isso.

O interessante aqui, no entanto, é que, ainda que sua obra tenha traços destoantes do movimento romântico (principalmente nas últimas publicações), o autor apresenta um estilo novelesco típico do movimento, com narrativas cheias de sentimentalismo e acontecimentos dramáticos. Além disso, seus finais trágicos são coerentes com as tendências da segunda geração. Assim, é certo que, controvérsias a parte, seu estilo é essencialmente romântico.

O AUTOR

Nascido em Lisboa, em 16 de março de 1825, Camilo Castelo Branco era filho "bastardo" de Manuel Joaquim Botelho Castelo Branco, um aristocrata. Órfão de mãe, e posteriormente de pai, muito cedo, foi criado por parentes e educado informalmente por padres.

Formou-se em Direito, mas optou por exercer o jornalismo. Por seu caráter satírico e idealista, teve problemas com políticos, tendo sido agredido fisicamente diversas vezes.

Casou-se muito cedo, provavelmente por uma paixão arrebatadora — tipicamente romântica —, mas o casamento não durou muito. Envolveu-se então com muitas mulheres. O caso mais polêmico foi com Ana Plácido, por quem se apaixonou e, por ser casada, teve de a raptar para que ficassem juntos. Ambos chegaram a ser presos e julgados — foi quando escreveu *Memórias do cárcere*. O caso emocionou a opinião pública da época.

Viveu com Ana até o fim dos dias. No entanto, muitos problemas o arrebataram. Os filhos, as dificuldades financeiras, a cegueira progressiva, a sífilis. Suicidou-se com um tiro na cabeça, em 1º de junho de 1890.

Por meio da biografia de Camilo Castelo Branco pode-se estabelecer muitas relações entre personagens e tramas de suas obras com a vida real. Idealista, sentimental, sofredor, instável, insatisfeito, Camilo era, não só na obra, como também na vida, um romântico.

A queda dum anjo

Dedicatória

Il.^{mo} e Exmo Sr. Antônio Rodrigues Sampaio

Meu amigo.

Volto a oferecer-lhe uma das minhas bagatelas. Chamo assim, para me fingir modesto, bagatelas a umas coisas que eu reputo no máximo valor. Se não fossem elas, naturalmente eu não chegaria a granjear a estima de V. Ex.ª, que mas tem lido, e alguma vez louvado. Já V. Ex.ª, antes de me conhecer, quis encravar a roda do meu infortúnio, roda com que eu estou sempre brincando como as crianças com os seus arcos. Que tinha eu feito para comover a benquerença do meu prestante amigo? Tinha feito uns livros futilíssimos, à imitação deste que lhe ofereço. Não é esta boa oportunidade de eu vir com a minha oblação de pobre a V. Ex.ª. Lembra-me a sentença do nosso Diogo de Teive:

Donat cum egenus diviti
Retia videtur tendere.

Os praguentos hão de querer ver aquelas redes, porque não sabem que V. Ex.ª já me constituiu, há muito, no dever de eterna e profunda gratidão.

Leça da Palmeira, 27 de Setembro de 1865

Camilo Castelo Branco

I

O HERÓI DO CONTO

Calisto Elói de Silos e Benevides de Barbuda, morgado de Agra de Freimas, tem hoje 49 anos, por ter nascido em 1815, na aldeia de Caçarelhos, termo de Miranda.

Seu pai, também Calisto, era cavaleiro fidalgo com filhamento, e décimo sexto varão dos Barbudas da Agra. Sua mãe, D. Basilissa Escolástica, procedia dos Silos, altas dignidades da Igreja, comendatários, sangue limpo, já bom sangue no tempo do Sr. rei D. Afonso I, fundador de Miranda.

Fez seus estudos de latinidade no seminário bracarense o filho único do morgado da Agra de Freimas, destinando-se a doutoramento *in utroque jure*. Porém, como quer que o pai lhe falecesse, e a mãe contrariasse a projetada formatura, em razão de ficar sozinha no solar de Caçarelhos, Calisto, como bom filho, renunciou à carreira das letras, deu-se ao governo do casal algum tanto, e muito à leitura de copiosa livraria, parte de seus avós paternos, e a maior dos doutores em cânones, cônegos, desembargadores do eclesiástico, catedráticos, chantres, arcediagos e bispos, parentela ilustríssima de sua mãe.

Casou o morgado, ao tocar pelos 20 anos, com sua segunda prima D. Teodora Barbuda de Figueiroa, morgada de Travanca, senhora de raro aviso, muito apontada em amanho de casa, ignorante mais que o necessário para ter juízo.

Unidos os dois morgadios, ficou sendo a casa de Calisto a maior da comarca; e, com o rodar de dez anos, prosperou a olho, tendo grande parte neste incremento a parcimônia a que o morgado circunscreveu seus prazeres, e, por sobre isto, o gênio cainho e apertado de D. Teodora.

Remenda teu pano, chegar-te-á ao ano, dizia a morgada de Travanca; e, aferrada ao seu adágio predileto, remendava sempre, e cerzia com perfeição justamente admirada entre a família, e falada como exemplo na área de quatro léguas, ou mais.

Enquanto ela recortava o fundilho ou apanhava a malha rota da peúga, o marido lia até noite velha, e adormecia sobre os infólios, e acordava a pedir contas à memória das riquezas confiadas.

Os livros de Calisto Elói eram cronicões, histórias eclesiásticas, biografias de varões preclaros, corografias, legislação antiga, forais, memórias da Academia Real da História Portuguesa, catálogos de reis, numismática, genealogias, anais, poemas de cunho velho, etc.

Respeito a idiomas estranhos, dos vivos conhecia o francês muito pela rama; porém, o latim falava-o como língua própria, e interpretava correntemente o grego.

Memória pronta, e cultivada com aturado e indigesto estudo, não podia sair-se com menos de um erudito em história antiga, e repositório de notícias miúdas sobre fatos e pessoas de Portugal.

Consultavam-no os sábios transmontanos como juiz indeclinável em decifrar cipos e inscrições, em restabelecer épocas e sucessos controvertidos por autores contraditórios.

Sobre castas e linhagens, coisa que ele tirasse a limpo não dava pega a dúvida nenhuma. Ia ele desenterrar geração já sepultada há 700 anos, e provar que, na era de 1201, D. Fuas Mendo casara com a filha de um mesteiral, e D. Dorzia se havia sujado casando mofinamente com um pajem da lança de seu irmão D. Paio Ramires.

Farpeados pela viperina língua dele, os fidalgos provincianos retaliavam quanto podiam a prosápia dos Benevides, propalando que naquela família se gerara um clérigo grande femeeiro, beberrão e lambaz, a quem o santo arcebispo D. Frei Bartolomeu dos Mártires, uma vez, perguntara que nome havia; e, como quer, que o padre respondesse Onofre de Benevides, o arcebispo acudira dizendo: "Melhor vos acertara com o nome, segundo a vida que fazeis, quem vos chamara de *Bene bibis e male vivis.*" O remoque, talvez por ser de santo, era medianamente engraçado e pouco para afligir; assim mesmo Calisto Elói, à conta desta injúria dos fidalgos comarcãos, tanto lhes esgaravatou nas gerações, que descobriu radicalmente serem quase todas de má casta.

É supérfluo dizer-se a qual doutrinação política pendia o ânimo do morgado da Agra de Freimas. Estava com a decisão das Cortes de Lamego. Fizera-se nelas, e cuidava ter assistido, em 1145, àquele congresso mitológico, e ter conclamado com Gonçalo Mendes da Maia, e com Lourenço Viegas, o Espadeiro: *Nos liberi sumus, rex noster liber est.* Todavia, se assim fossem todos os doutrinários políticos, a gente apodreceria na mais refestada paz e supina ignorância do andamento da humanidade.

Calisto Elói de Silos e Benevides de Barbuda queria que se venerasse o passado, a moral antiga como o monumento antigo, as leis de João das Regras e Martim de Ocem, como o mosteiro da Batalha, as *Ordenações Manuelinas* como o convento dos Jerônimos.

O mal que de aqui surdia ao gênero humano, a falar verdade, era nenhum. Este bom fidalgo, se lhe tirassem o sestro de esmiuçar desdouros nas gerações das famílias patrícias, era inofensiva criatura. Deste senão, a causa foi um chamado *Livro Negro*, que herdara de seu tio-avô Marcos de Barbuda Tenazes de Lacerda Falcão, genealógico vaporoso, o qual gastara sessenta dos oitenta anos vividos, a coligir borrões, travessias, mancebias, adultérios, coitos danados e incestos de muitas famílias, naquelas satânicas costaneiras, denominadas *Livro Negro das Linhagens de Portugal.*

Em suma, Calisto era legitimista quieto, calado, e incapaz de empecer a roda do progresso, contanto que o progresso não lhe entrasse em casa, nem o quisesse levar consigo.

Prova cabal de sua tolerância foi ele aceitar em 1840 a presidência municipal de Miranda. Na primeira sessão camarária falou de feitio e jeito, que os ouvintes cuidavam estar escutando um alcaide do século XV levantado do seu jazigo da catedral. Queria ele que se restaurassem as leis do foral dado a Miranda pelo monarca fundador. Este requerimento gelou de espanto os vereadores; destes, os que puderam degelar-se riram na cara do seu presidente, e emendaram a galhofa dizendo que a humanidade havia já caminhado sete séculos depois que Miranda tivera foral.

— Pois se caminhou, — replicou o presidente — não caminhou direita. Os homens são sempre os mesmos e quejandos; as leis devem ser sempre as mesmas.

— Mas... — retorquiu a oposição ilustrada — o regímen municipal expirou em 1211, Sr. Presidente! V. Ex.ª não ignora que há hoje um código de leis comuns de todo o território português, e que desde Afonso II se estatuíram leis gerais. V. Ex.ª decerto leu isto...

— Li — atalhou Calisto de Barbuda — mas reprovo!

— Pois seria útil e racional que V. Ex.ª aprovasse.

— Útil a quem? — perguntou o presidente.

— Ao município — responderam.

— Aprovem os senhores vereadores, e façam obra por essas leis, que eu despeço-me disto. Tenho o governo de minha casa, onde sou rei e governo, segundo os forais da antiga honra portuguesa.

Disse; saiu; e nunca mais voltou à Câmara.

II

Dois candidatos

Desde o qual incidente, o morgado, convicto da podridão dos vereadores em particular, e da humanidade em geral, prometeu a onze retratos, que tinha de onze avós, pintados indignamente, nunca mais tocar o cancro social com suas mãos impolutas.

Neste propósito, nem ao menos consentiu que o vigário lhe mandasse o *Periódico dos Pobres do Porto*, de que era assinante emparceirado com mais quatro reitores limítrofes, e o mestre-escola e o boticário.

Um dia, porém, quando ele saía da festividade de S. Sebastião, cujo mordomo era, deteve-se no adro, onde o rodearam os mais graúdos lavradores da sua freguesia e das vizinhas. Noutro grupo, falava-se do sermão, e da constância do santo capitão das guardas do bárbaro Diocleciano, e da desmoralização do império.

Estas puxadas reflexões era o boticário que as expendia, coadjuvado pelo mestre de primeiras letras, sujeito que sabia mais história romana do que é permitido a um professor da preciosa e capitalíssima ciência de ler, contar e escrever, pelo que o sábio vinha a granjear para a humanidade a ciência, e para ele nove vinténs e meio por dia. E comia o sábio estes nove vinténs e meio quotidianos, e ensinava os rapazes, e sobejava-lhe tempo para ler história! Pudera!... Os governos davam-lhe férias grandes ao estômago, em proveito do espírito. Se ele andasse bem nutrido e sucado de tripa, não aprendia nem ensinava coisa de monta. Que a pobreza é o estímulo das maiores façanhas da inteligência. *Paupertas impulit audax*. Isto que o Horácio faminto dizia de si, acomodam-no os regedores da coisa pública aos professores de primeiras letras; porém, outros muitos versos do Horácio farto, esses, tomam-nos eles para seu uso.

Estava, pois, o mestre-escola, de parceria com o boticário, a castigar a perversidade dos imperadores romanos, por amor do mártir S. Sebastião, que, segunda vez, acabava de ser flechado no panegírico. Neste comenos, abeirou-se deles Calisto Elói, e para logo se calaram as duas capacidades, em deferência ao Salomão da terra.

— Que dizem vossemecês? — perguntou Calisto benignamente.

— Continuem... Parece que falavam do santo.

— É verdade, Sr. Morgado — acudiu o boticário, ajustando os colarinhos percucientes do verniz da goma. — Falávamos na mal-vadez dos imperadores pagãos.

Sim! — disse Calisto, com proeminência declamatória — sim! Horrorosos tempos aqueles foram! Mas os tempos atuais não se diferençam tanto dos antigos que possamos, em consciência e ciência, encarecer o presente e praguejar o passado. Diocleciano era pagão, cego à luz da graça: os crimes dele hão de ser contrapesados, e descontados, na balança divina, com a ignorância do delinquente. Ai, porém, dos que prevaricaram fechando os olhos à luz da notória verdade, a fim de se fingirem cegos! Ai dos ímpios, cujas entranhas estão afistuladas de herpes! No grande dia, funestíssima há de ser a sentença deles, novos Calígulas, novos Tibérios, e Dioclecianos novos!

Relanceou o farmacêutico uma olhadela esguelhada ao professor, o qual, abanando três vezes e de compasso a cabeça, dava assim a perceber que abundava na admiração do seu amigo e consócio erudito em história romana.

Obrigado às orelhas do auditório atento, Calisto, em toada de Ezequiel, continuou:

— Portugal está alagado pela onda da corrupção, que subverteu a Roma imperial! Os costumes de nossos maiores são metidos a riso! As leis antigas, que eram o baluarte das antigas virtudes, dizem os sicofantas modernos que já não servem à humanidade, a qual, em consequência de ter mais sete séculos, se emancipou da tutela das leis. (Alusão ervada aos vereadores de Miranda, que discreparam do intento restaurador do foral dado por D. Afonso. Vinham a ser sicofantas os colegas municipalenses.) *Credite, posteri!* — exclamou Calisto Elói com ênfase, nobilitando a postura.

O latim não lho entenderam, salvo o mestre-escola, que, antes de ser sargento de milícias, havia sido donato no convento dominicano de Vila Real.

E repetiu: *Credite, posteri!*

Nesta ocasião, saiu da igreja a Sr.ª D. Teodora Figueiroa, e disse ao esposo:

— Vem daí, Calisto. Vamos jantar, que é uma hora, e já vai o padre pregador para casa.

Engoliu o morgado três frases de polpa, que lhe inflavam os bócios, e foi ao jantar, sacrificando-se à regularidade das suas horas inalteráveis de repasto.

Ficaram o boticário e o professor de primeiras letras, e mais os lavradores, ruminando as palavras do fidalgo, e glosando-as de notas ilustrativas, ao alcance das capacidades.

Um dos mais graves e anciãos lavradores, regedor, ensaiador e ponto nos entremezes do Entrudo, exclamou:

— Aquilo é que dava um deputado às direitas! Um homem assim, se fosse a Lisboa falar ao rei, as contribuições haviam de acabar!

— Isso não, perdoará vossemecê, tio José do Cruzeiro — observou o mestre-escola — os impostos é necessário pagá-los. Sem impostos, não haveria rei nem professores de instrução primária (observem a modéstia da gradação!) nem tropa, nem anatomia nacional.

O mestre-escola havia lido, repetidas vezes, no *Periódico dos Pobres*, as palavras *autonomia nacional*. Falhou-lhe desta feita a memória, lapso que não destoou em nenhumas orelhas, excetuadas as do boticário, que resmungou:

— Anatomia nacional!

— Que é? — perguntou ao farmacêutico um estudante de clérigo.

— Parece-me que é asneira! — respondeu o outro com certa indecisão.

Prosseguiu, concluindo, o mestre-escola:

— E, portanto, os tributos, tio José do Cruzeiro, são necessários ao Estado como a água aos milhos. Ora, agora, que há muito quem bebe o suor do povo, isso há; e aqueles que deviam ser bem pagos são os que menos comem da fazenda nacional. Aqui estou eu, que sou um funcionário indispensável à Pátria, e receberia cento e noventa réis por dia, se não trouxesse rebatidos seis recibos a trinta e seis por cento, de modo que venho a receber seis e cinco! Que país!... O senhor morgado disse bem: estamos chegados aos tempos dos Diocleciamos e Calígulas!

O auditório já vacilava em decidir qual dos dois era mais talhado para ir falar ao rei a Lisboa, se Calisto, se o mestre--escola.

III

O DEMÔNIO PARLAMENTAR DESCOBRE O ANJO

Fermentou na mente dos principais lavradores e párocos das freguesias do círculo eleitoral a ideia de levar ao Parlamento o morgado da Agra de Freimas.

Os deputados eleitos até àquele ano, no círculo de Calisto Elói, eram coisas que os constituintes realmente não tinham enviado ao congresso legislativo. Pela maior parte, os representantes dos mirandeses tinham sido uns rapazes bem-falantes, areopagitas do café Marrare, gente conhecida pela figura desde o botequim até S. Carlos, e afeita a beber na Castália, quando, para encher a veia, não preferia antes beber da garrafeira do Mata, ou outro que tal ecônomo dos apolíneos dons.

Em geral, aquela mocidade esperançosa, eleita por Miranda e outros sertões lusitanos, não sabia topograficamente em que parte demoravam os povos seus comitentes, nem entendia que os aborígenes das serranias tivessem mais necessidades que fazerem-se representar, obrigados pelo regímen da constituição. Se algum influente eleitoral, prelibando as delícias do hábito de Cristo, obrigara a urna e o senso comum a gemer nos apertos do doloroso parto do paralta lisboeta, o tal influente considerava-se idôneo para escrever ao deputado, incumbindo-lhe trabalhar na nomeação dum vigário chamorro, ou outra coisa, que foi denominação de bando político, em tempo que a política não sabia sequer dar-se nomes decentes. Pois o deputado não respondia à carta do influente, nem o requerente sabia onde procurá-lo fora do Marrare.

Por muitos fatos desta natureza conspiraram os influentes do círculo de Miranda contra os delegados do Governo; e a ideia de eleger o morgado foi recebida entusiasticamente por todos aqueles que o ouviram falar no adro da igreja, e por quantos houveram notícias da sua parlenda.

O partido, que o mestre-escola ganhara de eloquente assalto, cedeu ao império das razoáveis conveniências, e centralizou-se na maioria. A verbosidade, porém, do professor não ficou despremiada, sendo nomeado secretário da junta de paróquia.

Resistiu Calisto de Barbuda tenazmente às solicitações dos lavradores, que o procuraram com o mestre-escola à frente, fato que muito honra este desinteresseiro e reportado funcionário. Neste encontro, o professor excedeu o juízo avantajado que ele propriamente fazia de sua vocação oratória. Mostrou as fauces do abismo escancaradas para travarem Portugal, se os sábios e virtuosos não acudissem a salvar a Pátria moribunda. Calisto Elói, enternecido até às lágrimas pela sorte da terra de D. João I, voltou-se para a esposa, e disse, como o agricultor Cincinato:

— Aceito o jugo! Assaz receio, mulher, que os nossos campos sejam mal cultivados este ano...

Estavam próximas as eleições.

A autoridade, assim que soube da resolução do morgado da Agra, preveniu o Governo da inutilidade da luta. Não obstante, o ministro do Reino redobrou instâncias e promessas, no intuito de vingar a candidatura de um poeta de Lisboa, mancebo de muitas promessas ao futuro, que tinha escrito revistas de espectáculos, e recitava versos dele ao piano, cuja falta ou demasia de sílabas a bulha dos sonoros martelos disfarçava. Redarguiu o administrador do concelho ao governador civil que pedia a sua demissão para não sofrer a inevitável e desairosa derrota.

Quis assim o Governo aliciar no círculo algum proprietário, que contraminasse a influência do candidato legitimista, fazendo-se eleger. Alguns lavradores, menos aferrados à candidatura de Calisto, lembraram à autoridade o professor de instrução primária, estropeando frases dos discursos dele, proferidos na botica. O administrador riu-se, e mandou-os bugiar, como parvajolas que eram.

Por derradeiro, o governador civil fez saber ao ministério que os povos de Vimioso, Alcanissas e Miranda se haviam levantado com selvagem independência e tinham fugido com a urna para os desfiladeiros das suas serras.

Pelo conseguinte, não pôde ser proposto o poeta, que, beliscado na sua vaidade, assanhou-se contra o Governo, escrevendo umas feras objurgatórias, as quais, se tivessem gramática à proporção do fel, o Governo havia de pôr as mãos na cabeça e demitir-se.

À exceção de uma lista, o morgado da Agra de Freimas teve-as todas. A que não tinha o nome simpático aos eleitores votava em Brás Lobato, professor de instrução primária, secretário da junta de paróquia, e ex-sargento das milícias de Mirandela. Parece que votara em si o mestre-escola. Afinal, maculou a alvura do nobilíssimo desprendimento com que perorara em pró da eleição de Calisto! Fragilidade humana!

Principiou, desde logo, o morgado eleito a refrescar a memória com as suas leituras de história grega e romana. Era isto entrouxar ciência e enfeixar flores para o Parlamento. Depois, releu a legislação dos bons tempos de Portugal, a fim de restaurar os costumes desbaratados, fazendo remoçar as leis, que haviam sido o tabernáculo da moral humana guardado pelo temor de Deus. Tosquenejou muitas noites sobre os bacamartes pulvéreos; e, desde que a manhã raiava até horas de almoço, ia à margem do Douro, que lhe lambia a ourela da quinta, declamar, como Demóstenes nas ribas marítimas, ao estridor de um açude e das rodas de duas azenhas. Os moleiros, que o viam bracejar, e lhe ouviam o vozeamento, benziam-se, pensando que o sábio treslera, ou coisa má lhe entrara no corpo. A Sr.ª D. Teodora Figueiroa, vendo o marido assim tresnoitado, seguia-o às vezes, de madrugada, espreitava-o de um cabeço sobranceiro ao rio, e benzia-se também, dizendo: "Dão-me com o homem em doido!"

Chegou o tempo de partir para a capital.

O deputado mandou adiante por almocreve duas cargas de livros, nenhum dos quais tinha menos de 150 anos.

Seguia-se, na conduta dos machos portadores, uma carga de presunto e orelheira, substância quotidiana da alimentação de Calisto Elói.

Depois, outra carga de ancoretas de vinho velho, e na entrecarga uma garrafeira com duas dúzias de garrafas de vinho, que competia antiguidade com a fundação da companhia.

A guarda-roupa do procurador dos povos era modesta, salvo o chapéu armado, calção de tafetá e espadim, com que ele, na qualidade de fidalgo cavaleiro, costumava contribuir para a majestade das procissões de Miranda, pegando ao pálio.

A pessoa de Calisto Elói de Silos e Benevides de Barbuda foi em liteira, e chegou a Lisboa ao décimo dia de jornada, trabalhada de perigos, superiores à descrição de que somos capaz.

De propósito, saltamos por cima dos pormenores da partida, para não descrever o quadro lastimoso do apartamento de Calisto e Teodora.

O apartamento de Teodora e Calisto era título para dois capítulos de lágrimas.

IV

Asneiras da erudição

Por fins de Janeiro, chegou Benevides de Barbuda a Lisboa, e alugou casa no bairro de Alfama, por lhe terem dito que, naquela porção de Lisboa antiga, a cada esquina havia um monumento à espera de arqueólogo competente.

Ao cabo de três dias, Calisto mudou-se para rua mais limpa, supondo que os lamaçais de Alfama haviam tragado os monumentos, lamaçais em que ele desastradamente escorregara, e donde saíra mal-limpo, e assoviado por marujos e colarejas, seus vizinhos mais chegados. Mau agouro! A primeira quimera de Calisto, seu tanto ou quanto científica, atascara-se na lama daquela parte de Lisboa, que devia ser a *ínclita Ulisseia* de Luís de Camões!

O deputado, sem embargo de ir habitar o quarto andar de uma casa lavada de ares e muito desafogada na rua da Procissão, quis-lhe parecer que a atmosfera da capital não cheirava bem.

Abriu um dos seus livros velhos, intitulado *Do Sítio de Lisboa*, etc., por Luís Mendes de Vasconcelos, e leu:

"...E assim, de todo o território de Lisboa, parece que da terra, fontes e rios respiram suavíssimos vapores, amigos da natureza humana; porque é coisa certíssima que a benignidade dos ares deste sítio não só é por natureza deleitosa, pelo seu temperamento, mas de grandíssimo proveito para algumas doenças, etc..."

Calisto Elói fechou o livro, e disse de si para consigo, tomando uma vez de rapé:

— O meu clássico não podia mentir. Este mau cheiro é desconcerto da minha membrana pituitária...

E alcatroou segunda vez as ventas com uma pitada desinfetante.

Pareceu-lhe também pesada e salobra a água.

Recorreu ao seu clássico Luís Mendes, no artigo *Água*, e leu que o chafariz de El-Rei dava uma linfa gostosa e de suave quentura, a qual limpava a garganta de toda a rouquidão, e afinava as vozes e *assim*, dizia o clássico, *não errará quem disser que ela é causa das boas vozes que em Lisboa docemente ouvimos cantar; e também dos bons carões que conservam as mulheres*.

Quanto aos bons carões das mulheres, Calisto, que, de um relancear honesto de olhos, observara os rostos pálidos e esgrouviados de algumas senhoras de Lisboa, não podendo arguir de falácia o dizer de Luís Mendes, atribuiu à degeneração dos costumes e raças o descarnado e amarelido das caras; no tocante à suavidade das vozes, ficou indeciso, não querendo desmentir o seiscentista, nem formar conceito por uns grunhidos de cantarola bárbara com que os vendilhões pregoavam os comestíveis.

Todavia, como a água do chafariz de El-Rei aclarava o órgão vocal, e Calisto, à força de berrar ao pé do açude e das azenhas, estava um tanto rouco, mandou buscar um barril daquela salutífera água, que o Mendes de Vasconcelos compara à das fontes Camenas. Bebeu à tripa forra o deputado, e teve uma dor de barriga precursora de febres quartãs. Valeu-se ainda do seu clássico, e por conta dele mandou buscar à Pimenteira outro barril de água, a qual, diz o citado autor, *se busca para os doentes de febres*.

O velho criado e enfermeiro, quando viu o seu amo encharcado e cada vez pior, foi de moto próprio em cata do cirurgião, o qual deu o morgado rijo e fero em 15 dias com algumas beberagens quinadas.

Desde então, Calisto Elói não bebeu senão vinho e melhorou da garganta e do espírito, um tanto quebrantado, recitando, a cada garrafa que abria, o provérbio da sagrada escritura: — *Vinum bonum laetificat cor hominis*.

Não obstante, o descrédito do seu clássico deveras lhe doeu, mormente pelo tom de mofa com que o cirurgião enxovalhou as cãs do honrado e lusitaníssimo escritor Luís Mendes.

Apenas convalescido, Calisto abriu outro livro da mesma idade, escrito por idêntico motivo, para averiguar se o autor do *Sítio de Lisboa* claudicara como patranheiro em matéria de chafarizes.

O bacamarte consultado era a *Fundação, Antiguidades e Grandezas da muita insigne Cidade de Lisboa*, etc., escrito pelo capitão Luís Marinho de Azevedo.

— Cá está! — exclamou Barbuda em solilóquio — cá está explicada a minha dor de barriga! era destemperança no fígado.

O deputado acabava de ler o seguinte período de Luís Marinho:

"Encareceu Plínio muito a água, que vinha a Roma da fonte Márcia, e Vitrúvio e das fontes Camenas, porque nasciam quentes e eram saborosas no gosto, sendo por esta causa muito sadias e proveitosas para conservar saúde. E posto que (*hic*) Luís Mendes de Vasconcelos queira que por estas propriedades tenha a água do chafariz de El-Rei as mesmas qualidades, a experiência mostra que, sendo suave no gosto, o não é nos efeitos, porque lhe atribuem os médicos a destemperança do fígado, que muitas pessoas padecem, e de que procedem várias enfermidades."

— Fie-se lá a gente! — monologou o deputado. — É preciso cuidado com os clássicos a respeito da água de Lisboa.

E, prosseguindo na leitura, encontrou confirmada a maravilha de se afinarem as vozes com o uso da água do chafariz de El-Rei, por estes termos:

"É causa das boas vozes dos músicos naturais de Lisboa, ou que nela moraram, que tanto lustram em sua real capela, e na corte de Madri, conventos e igrejas catedrais deste reino e do de Castela: excelência que também se acha nas mulheres, cuja feminina voz enleva os sentidos, como se experimenta ouvindo cantar as religiosas dos mosteiros desta cidade, em que mais parece se ouvem os coros de anjos que vozes humanas."

À primeira vez que saiu, andou Calisto em demanda dos conventos de freiras, e das festividades de cada um. Disseram-lhe, em face de um repertório, que a mais próxima festa era, no domingo imediato, em Santa Joana. Foi Calisto à festa para ouvir cantar as freiras. Não lhe pareceu cantoria o que ouviu: eram três narizes roufinhando destoantes. Calisto saiu do templo, foi ao parlatório, chamou a madreporteira, e disse-lhe, com a sua candura de bom homem, que recomendasse às senhoras cantoras a água do chafariz de El-Rei. A madre ficou passada do disparate, e voltou-lhe as costas.

Como quer que o morgado da Agra de Freimas não fosse homem que estudasse as matérias perfuntoriamente, quis esquadrinhar a respeito das águas toda a substância deste importante elemento.

Decepções sobre decepções!

Quando morara na Alfama, observara ele que, naquele bairro, as mulheres eram sardentas, roxo-terra, e crespas de pele. Pois o clássico Marinho saía-lhe com este desmentido aos seus próprios olhos:

"Tem mais outra propriedade oculta a água do chafariz (de El-Rei) que é conservar o rosto das mulheres que com ela se lavam em uma alvura engraçada e cor natural tão encarnada, que não necessita de unturas, nem confecções que com elas se envelhecem antes de tempo: *o que se vê claramente na vantagem que as de Alfama levam às dos outros bairros no carão, rosto mimoso e cor que logo se conhece por natural*; e, bastara isto, por desengano às que as usam postiças, não fora pequeno o fruto, que se tirara de ler este parágrafo, havendo quem lho recitasse."

Calisto Elói certamente não iria recitar o parágrafo a nenhuma senhora pálida e magra, depois da incivil resposta que lhe deu a porteira de Santa Joana, e mais ainda com a desconfiança em que o puseram os bons autores da sua predileção.

Parece, porém, que ele andava aporfiado em afogar o seu reto juízo nas águas de Lisboa. Lera o deputado que também o *chafariz dos cavalos da rua Nova tinha prodigiosas virtudes em cura de moléstias de olhos. Procurou a rua Nova*, que o terremoto de 1755 soterrara; procurou o chafariz, que, segundo ele, devia estar na rua dos Capelistas ou Algibebes sucessoras daquela rua. Ninguém lhe dava conta do *chafariz dos cavalos*; e alguns logistas interrogados supuseram que o provinciano não podia beber em fonte que não tivesse aquela aplicação.

O erudito respondia aos chacoteadores:

— Pois saibam que se perdeu um mirífico chafariz! Rezam os meus livros que as salubérrimas águas desta fonte perdida tinham a propriedade oculta de engordar as cavalgaduras que bebiam dela; e acrescenta Marinho de Azevedo, textualíssimas palavras: *e quando ela faz tão conhecidos efeitos nos animais, os fizera nos corpos humanos, se a beberam em sua fonte*.

Um bacharel, que ouvira as lástimas de Calisto, disse a um vizinho a meia-voz:

— Este homem parece que tem uma cavalgadura magra no corpo!

Com estas zombarias é que em Portugal os sábios são premiados... Se Calisto fosse um parvo, o Governo dava-lhe um subsídio até ele achar o chafariz dos cavalos.

V

Estreia parlamentar de Calisto

Antes de apresentar-se na sala das sessões, Calisto Elói de Barbuda leu o *Regimento Interno da Câmara dos Deputados*; juntamente com um colega transmontano, o abade de Estevães, sujeito de anos e doutrinas monárquico-absolutas.

O morgado de Agra embicou logo na forma do juramento, e disse que não jurava sem aspar as palavras que o obrigavam a ser inviolavelmente fiel à carta constitucional. O abade quis amaciar-lhe a rigidez de espírito, absolvendo-o do perjúrio, que não era sério, porque já de si o juramento era irrisório e mera brincadeira de nenhum peso na balança da justiça divina.

E alegava o clérigo esclarecido que os representantes da Nação, conquanto jurassem fidelidade à religião católica apostólica romana, eram aliás ateus; jurando fidelidade ao rei, injuriavam-no nas gazetas; jurando fidelidade à Nação, avexavam-na de tributos, e alguns a queriam fundir na Espanha. Comédia e comedoria! exclamava o abade. Se os deixarmos a eles jurar e mentir à sua vontade, a monarquia portuguesa daqui a pouco não terá mais realidade no mapa-múndi que a ilha Barataria do Miguel Cervantes, ou as ilhas beatas do poeta Alceu!

A respeito das ilhas beatas do poeta Alceu, saiu-se Calisto de Barbuda com uma despropositada torrente de citações, em que a paciência do padre esteve a pique. Era perigoso dar-lhe trela às dejeções da ciência velha, que não havia abafar-lhe as válvulas ejaculatórias.

O sábio, lá na sua terra, nunca tivera auditório digno, escutava-se a si próprio; admirava-se e aplaudia-se com perdoável, senão legítima vaidade; faltava-lhe, porém, alguma coisa, a qual coisa era o abade de Estevães.

Este clérigo, bem que tivesse exercido as funções desembargatórias na relação eclesiástica de Braga, era menos letrado que o antiquário de Caçarelhos, mas um tanto mais ilustrado em crítica da história. Por delicadeza, fingia engolir as araras que o morgado lhe ministrava guisadas pelo monge de Alcobaça Bernardo de Brito, por Fernão Mendes e Miguel Leitão de Andrade, e centenares de outros escrevedores de polpa, que mentiram "mais do que permitia a força humana".

Convencido da irresponsabilidade séria do juramento parlamentar, foi Calisto Elói de Silos empossar-se da sua cadeira na representação nacional. Porém, proferido o juramento, e antes de sentar-se, não teve mão de si, disse:

— Sr. Presidente!

O abade de Estevães ainda ciciou um sio, como quem lembrava ao colega que o *Regimento* lhe tolhia o dom da palavra assim abrupta naquele ato; mas o presidente, como esperasse alguma extraordinária reflexão, deixou violar o artigo 3.° do título e ouviu-o.

Continuou Calisto:

— Sr. Presidente! Nos primórdios da humanidade, a boa-fé dispensava os juramentos: hoje em dia, para tudo se faz mister jurar, porque a boa-fé desapareceu *velut umbra* da face da terra. Se bem me recordo, os casos de juramentos mais antigos leem-se nas sagradas escrituras. Abraão jurou ao rei de Sodoma e ao rei Abimélec;

Elieser a Abraão; e Jacob a Labão...

O presidente, como o riso andasse já contagioso na sala e galerias, observou:

— O Sr. Deputado está fora das prescrições do *Regimento.* Peço licença para o convidar a sentar-se do lado que lhe convier.

— Concluo em duas palavras — tornou Calisto — conformando-me com o *Regimento*, e mais ainda com o jurisconsulto Struvius, o qual, no seu *jurisprudentia civilis syntagma*, diz que não deve exigir-se o juramento quando pode temer-se o perjúrio. Preceito de mui remontada moralidade, Sr. Presidente! Preceito, cujo desprezo é a causa eficiente das apostasias que desonram, dos sacrilégios que condenam a alma, e estampam na testa dos preceitos lema de opróbrio indelével. Disse.

E foi sentar-se, flauteando cromaticamente uma pitada, à beira do seu amigo abade de Estevães.

A maior parte dos legisladores estava como indecisa entre rir-se ou espantar-se do aprumo com que o transmontano, atando facilmente as frases, atirava à cara dos legisladores um murro indireto. Três brados lhe haviam vitoriado o cabeçalho do discurso; eram expansões de deputados legitimistas, que entre si se ficaram vitoriando de terem um homem bastante audaz, se necessário fosse, para falar ao imperante como João Mendes Cicioso falara a el-Rei D. Manuel.

— Falou à portuguesa, Sr. Morgado; mas extemporaneamente — murmurou-lhe o abade de Estevães.

— A verdade é de todas as horas, abade — redarguiu Calisto. — Mal de nós se havemos de esperar que ela caia a talho de foice!... Deixem-me ir assim, que os meus constituintes assim me querem. Catão e Cícero, Hortênsio e Demóstenes não falavam segundo o *Regimento*. O conselheiro que disse a Afonso IV "senão, procuramos outro rei" não pediu licença a presidente algum, nem viu no *Regimento* se era hora de lho dizer. Eu li de tento e vagar o tal *Regimento*, amigo abade; e a mim me quis parecer que tudo aquilo é um modo, o mais cerimonioso, de fazer calar aqueles cujos dizeres desagradam à presidência, por via de regra, mancomunada com o Governo.

— *Prudentia in omnibus*, diz o sábio — retorquiu o abade.

O morgado acudiu logo:

— *Estote prudentes, sicut serpentes et simplices sicut columbae*, disse Jesus, o sábio dos sábios.

VI

Virtuosas parvoiçadas

A estreia parlamentar de Calisto de Barbuda fez hiperbólico estrondo nos salões da aristocracia legitimista, que abriu suas portas ao esperançoso Berryer de Portugal.

Algum tempo se andou furtando o morgado às solicitadas apresentações. Impediam-no o natural acanhamento de provinciano e o afeto entranhado aos seus clássicos, que lhe eram o deleite das horas feriadas do dia, e dos serões do inverno.

Como à força, fora ele uma noite ao teatro lírico, em companhia do abade de Estevães, que amava a música pelo muito amor que tinha à guitarra, delícias da sua mocidade, e consoladora da velhice, já saudosa do tempo em que o coração lhe gemia nos bordões do instrumento apaixonado.

Calisto inteirou-se do enredo da ópera, e assistiu em convulsões ao espectáculo, que era a *Lucrécia Bórgia*. Saiu da plateia frio de horror e protestou, em presença de Deus e do abade, nunca mais contribuir com oito tostões para a exposição das chagas asquerosas da humanidade. Rompeu-lhe então do imo peito esta exclamação sentida: *Amici, noctem perdidi*! Melhor me fora estar lendo o meu Eurípides e Sêneca, o trágico! Medeia não mata os filhos cantando, como a celerada Lucrécia! As devassidões postas em música dão bem a entender que geração esta é! Brinca-se com o crime, abafando-se os gemidos da humanidade com o estridor das trompas e dos zabumbas. É um tripúdio isto, amigo abade! Quem sai do seio da natureza rude, e de repente se acha à labareda destes focos das grandes cidades, é que atina com a providencial filosofia destas tramoias de teatros!

Assanhou o abade de Estevães o azedume do fidalgo, dizendo-lhe que o Estado subsidiava o teatro de S. Carlos com 20 contos de réis anuais. Calisto fez pé atrás, e exclamou:

— *Obstupui!...* O abade zomba!... *O Estado!...* O meu colega disse o Estado!

— Sim, o tesouro... — confirmou o clérigo.

— A *res publica?* o dinheiro da Nação?

— Certamente: pois de quem há de ser o dinheiro, senão da Nação?

— Pois eu e os meus constituintes estamos pagando para estas cantilenas do teatro de Lisboa!

— Vinte contos de réis.

Calisto Elói correu a mão pela fronte umedecida de suor cívico, e sentou-se nas escadas da igreja de S. Roque, porque ao espanto, cólera e dor de alma seguiram-se cãibras nas pernas. Minutos depois, ergueu-se taciturno, despediu-se do abade, e foi para casa.

Os alvores da primeira manhã acharam-no passeando e declamando na estreita saleta do seu aposento. Via-se-lhe no rosto a palidez dos Fabrícios.

Às onze horas entrou na Câmara. Dir-se-ia que entrava Cícero a delatar a conjuração de Catilina. Deu nos olhos dos seus três correligionários que entre si disseram:

— Calisto vai fazer alguma interpelação de grande alcance!

Acabava de sentar-se, quando um deputado do Porto se ergueu e disse:

— Sr. Presidente. Muito a meu pesar, e talvez da Câmara, volto de novo a expender as razões já três vezes inutilmente expendidas sobre o dever e justiça com que o Porto reclama um subsídio para o seu teatro lírico. Sr. Presidente...

— Peço a palavra! — bradou Calisto Elói, erguendo-se inteiriço e fulminante. — Peço a palavra!

O representante do Porto expendeu a quarta edição piorada das suas ideias sobre o dever e justiça com que o teatro de S. João reclamava subsídio, e sentou-se.

— Tem a palavra o Sr. Calisto Elói de Silos e Benevides de Barbuda — disse o presidente.

O morgado da Agra escorvou-se de rapé, trombeteou a pitada, e orou deste teor:

— Sr. Presidente. Em Grécia e Roma as festas anuais eram solenizadas com espectáculos. Os cidadãos timbravam em se despenderem aporfiadamente para o maior realce das representações teatrais. Na Grécia, o arconte epônimo, a cargo de quem o Estado delegava as despesas das representações, esmava o dispêndio de cada uma em dois talentos, 3250$000 réis, pouco mais ou menos da nossa moeda. Este dispêndio faziam-no espontaneamente os ricos; e, se era o tesouro nacional que adiantava as despesas, a concorrência convidava pelo preço diminutíssimo do *theorikon* ou entrada, que correspondia ao vintém na nossa moeda. E de Péricles em diante, Sr. Presidente, tomou o Estado à sua conta o pagamento das entradas dos pobres. Entre os romanos, eram os poderosos, como Lépido e Pompeu, e, ao adiante os imperadores, que sustentavam do seu bolsinho as representações teatrais. Os impérios opulentos, Sr. Presidente, os impérios que dirigiam a substância do universo, os impérios que edificavam teatros para 30 mil espectadores, não impunham aos povos a obrigação de se privarem do necessário para abrilhantarem Atenas ou Roma, com luxuosas superfluidades. Os serranos das províncias do Lácio não eram constrangidos a pagarem as delícias dos patrícios romanos. Estes, Sr. Presidente, quando queriam divertir-se em espectáculos teatrais, pagavam-nos, e regalavam a gente pobre em vez de a obrigarem a entrar no erário com o estipêndio dos atores. (*Sussurro e alguns* "apoiados" *provocados pelo sussurro.*)

Sr. Presidente — continuou o orador, tomando rapé com a sofreguidão de quem teme que o raio inspirativo se arrefente — Sr. Presidente! Eu tenho o desgosto de ter nascido num país em que o mestre-escola ganha cento e noventa réis por dia e as cantarinas, segundo me dizem, ganham trinta e quarenta moedas por noite. Eu sou de um país, Sr. Presidente, em que se pede ao povo o subsídio literário para pagar com ele as tramoias da Lucrécia Bórgia. Eu sou de um país pobríssimo em que a vaia da Nação exangue sofre cada ano a sangria de algumas dúzias de contos para sustentar comediantes, farsistas, funâmbulos e dançarinas impudicas! Sr. Presidente, V. Ex.ª sorriu-se, vejo que a Câmara está sorrindo, e eu ouso dizer a V. Ex.ª e aos meus colegas, como o poeta mantuano: *Sunt lacrimae rerum*. Aqui é o ponto de se carpirem por seus filhos aqueles que se cuidam muito avantajados em civilização e seus avós. Aqui é o ponto de nos alembrarmos dos israelitas livres, que sorriam em Jerusalém, e choravam depois escravos às margens do rio estranho. Depois será o declamarmos com o épico:

Em Babilônia, sobre os rios, quando
De ti, Sião sagrada, nos lembramos,
Ali com grã saudade nos sentamos
O bem perdido, míseros, chorando.

Os instrumentos músicos deixando

Peço à Câmara que repare nos versos que completam a quadra e a profecia:

Os instrumentos músicos deixando
Nos estranhos salgueiros penduramos,

Hic, Sr. Presidente:

Quando aos cantares que já em ti cantamos
Nos estavam imigos incitando.

Nos cantares, Sr. Presidente, é que bate o ponto do meu discurso. (*Hilaridade. Sussurro nas galerias. O presidente tange a campainha.*)

O orador: — Sr. Presidente! que me não queiram persuadir de que estou em casa de orates! Que é isto? Que bailar de ébrios é este em volta de Portugal moribundo? Como podem rir-se os enviados do povo, quando um enviado do povo exclama: Não tireis à Nação o que ela vos não pode dar, governos! Não espremais o úbere da vaca faminta, que ordenhareis sangue! Não queirais converter os clamores do povo em cantorias de teatro! Não vades pedir ao lavrador quebrado de trabalho os ratinhados cobres das suas economias para regalos da capital, enquanto ele se priva do apresigo de uma sardinha, porque não tem uma pojeia com que comprá-la.

E vinte contos e trinta contos de subsídios que moralidade fomentam, que lâmpadas acendem nos altares da civilização? Eu peço à Câmara que leia atentamente o discurso teológico do padre Inácio de Camargo, lente no real colégio de Salamanca, acerca dos teatros. Não menos fervorosamente peço a V. Ex.ª e às Câmaras que leiam as miríficas páginas do nosso oratoniano Manuel Bernardes sobre representações teatrais. O que são comédias? Responda por mim o eminente moralista e mais que todos vernaculíssimo escritor: "Os assuntos das comédias pela maior parte são impuros, cheios de lascivos amores, de galanteios profanos, de papéis amorosos, de rondas, passeios, músicas, dádivas, visitas, solicitações torpes, finezas loucas, empenhos desatinados, quimeras, empresas impossíveis, que as solicita ordinariamente um criado, uma mulher terceira, uma chave, um jardim, uma porta falsa, um descuido do pai, ou do irmão, ou do marido da dama, e tudo isto costuma parar em uma comunicação desonesta, em um incesto, ou em um adultério, em que há muitos lances torpes, louvores lisonjeiros da formosura, expressões afetadas de amor, promessas de constância, sustos, desesperações, e em suma, uma gentílica idolatria, ajustada pontualmente às infames leis de Vênus e Cupido, e aos torpes documentos de Ovídio no livro *De arte amandi*."

Vozes da galeria: Muito bem! Bravo! (*Espirram as risadas de vários sujeitos. Gargalhada compacta.*)

O orador — Sr. Presidente! Eu irei contar aos povos que me aqui mandaram as gargalhadas com que fui recebido no seio da representação nacional, porque ousei dizer que um país carregado de dívidas não instaura divertimentos atentatórios dos bons costumes com o dinheiro da Nação. Irei dizer aos meus constituintes que se desfaçam das arrecadas e cordões de suas mulheres e filhas, para enfeitarem as gargantas despeitoradas das Lucrécias Bórgias que custam quarenta libras por noite!...

Sr. Presidente, nossos avós, os coevos de el-rei D. Manuel e D. João III, tiveram teatros. Era no tempo em que as frotas da Índia rompiam Tejo acima carregadas de ouro. O Plauto português deliciava os paços dos reis, e os pátios e tablados do povo. Quando se abriu o erário para locupletar o alto engenho de Gil Vicente? Quando foi necessário ir mundo fora em cata de gritadores que vendem tão caro o ar dos pulmões vibrado no mecanismo da garganta?

Uma voz: — Fez-se a civilização depois.

O orador: — E a pobreza também. A civilização que canta e dança, enquanto três partes do País choram. A civilização dos civilizados que dizem: *Coronemus nos rosis antequam marcessant*. A civilização do perdulário irrisório, que traja de luzente lemiste no exterior, e aconchega da pele uma camisa surrada e fétida. Magnífica civilização! Não sei de selvagens que no-la possam invejar, e queiram cambiar conosco a sua selvatiqueza!

Sr. Presidente, gozem nas boas horas os sátrapas da capital os deleites da sua civilização teatral. Despendam-se, arruínem-se, doudejem com essas ficções e visualidades, que relembram fatos de alto escândalo que não deviam ser vistos à luz da civilização que o meu ilustre colega preconiza. Se gostam, não serei eu, homem de outros tempos e gostos, quem lhes impugne a racionalidade de seus passatempos. O que eu requeiro, em nome da justiça e da pobreza do País, é que se não sisem os povos provinciais para manutenção dos divertimentos de Lisboa. O que eu contesto é o direito de me fazerem pagar a mim e aos meus vizinhos as notas garganteadas dos ganha-pães que não têm na sua terra ofício honesto em que vivam com seriedade e utilidade comum. O que eu sobretudo lamento, Sr. Presidente, é o silêncio desaprovador dos meus colegas. Sou eu só: serei eu só o vencido. Não importa! *Victis honus!*. As pequenas coisas tratam-nas os pequenos: *Parvum parva decent*. Eu abro mão das glórias prometidas ao nobre colega que, há pouco, pediu subsídio para o teatro do Porto. Deem-lho. Desenrolem a onda aurífera do Pactolo do nosso tesouro até Braga. Quem pede subsídio para o teatro bracarense? A equidade reclama-o. O meu círculo também quer um teatro. Teatro e subsídio para todo o lugarejo onde morar um contribuinte. Estamos em vida fictícia como país independente. Somos como o sapateiro que se veste de príncipe no Entrudo. Pois bem! Comédia geral! Seja Portugal um teatro desde Monção ao cabo da Roca! Peço uma companhia italiana para a minha terra. Os meus constituintes querem provar o sabor das delícias que têm estipendiadas em Lisboa. Se eu não posso, Sr. Presidente, levar-lhes a boa-nova de que vão ter estradas que os liguem à sua nação, seja-me permitida a glória de lhes levar a Lucrécia Bórgia, a incestuosa e envenenadora Lucrécia, que os há de edificar e converter à civilização. Disse.

Algumas vozes por entre frouxos de riso: Muito bem! Bravíssimo!

Eram as ironias dos sublimes engenhos, que, às vezes, não sabem como hão de havê-las com espíritos selváticos do desplante montesinho de Calisto de Barbuda.

VII

Figura, vestido, e outras coisas do homem

Assim que os personagens dos romances começam a ganhar a estima ou aversão de quem lê, vem logo ao leitor a vontade de compor a fisionomia do personagem plasticamente. Se o narrador lhe dá o bosquejo, a imaginativa do leitor aperfeiçoa o que sai muito em sombra e confuso no informe debuxo do romancista. Porém, se o descuido ou propósito deixa ao alvedrio de quem lê imaginar as qualidades corporais de um sujeito importante como Calisto Elói, bem pode ser que a intuição engenhosa do leitor adivinhe mais depressa e ao certo a figura do homem que se lha descrevessem com abundância de relevos e rara habilidade no estampá-los na fantasia estranha.

Não devo ater-me à imaginação do leitor neste grave caso. Calisto Elói não é a figura que pensam. Estou a adivinhar que o enquadraram já em molde grotesco, e lhe deram a idade que costuma autorizar, mormente no congresso dos legisladores, os desconcertos do espírito, exemplificados pelo deputado por Miranda. Dei azo à falsa apreciação, por não antecipar o esboço do personagem. Acudo pelos créditos do morgado.

Calisto Elói, naquele tempo, orçava por 44 anos. Não era desajeitado de sua pessoa. Tinha poucas carnes, e compleição, como dizem, afidalgada. A sensível e dissimétrica saliência do abdômen devia-se ao uso destemperado da carne de porco e outros alimentos intumescentes. Pés e mãos justificavam a raça que as gerações vieram adelgaçando de carnes. Tinha o nariz algum tanto estragado das invasões do rapé e torceduras do lenço de algodão vermelho. A dilatação das ventas e o escarlate das cartilagens não eram assim mesmo coisa de repulsão. Estes narizes, se não se prestam à poesia lírica, inculcam a serenidade de seus donos, o que é melhor. Eram assim os narizes de José Liberato Freira de Carvalho e de Silvestre Pinheiro. Quase todos os estadistas de 1820 se condecoravam com a rubidez nasal. Não sei que há nisto indicativo de estudo, gravidade e meditação; mas há o quer que seja.

As restantes feições de Calisto Elói de Silos eram regulares, a não querermos encarecer a alta e brunida fronte, que poderia servir de rótulo a um talento abalizado, se o inimigo da Lucrécia Bórgia não fosse, a meu ver, capacidade eminente, viciada pela educação e tradições de família. Excedia a estatura meã e era direito de pernas. No tronco havia tal qual inclinação, que denunciava o arqueamento da espinha por efeito da incansável leitura e minguado exercício.

O que certamente o desairava era o traje. Calisto Elói vestia de briche da Golegã, e dos alfaiates de Miranda. A gola e portinholas da casaca eram sérias demais para estes tempos em que um homem se veste hoje à moda, e daqui a um mês corre o perigo de sair ridiculamente entrajado. Não se sabe a razão por que o morgado da Agra se afeiçoara às calças rematando em polainas abotoadas de madrepérola. Vestira assim umas pantalonas em 1833, quando se matrimoniou com D. Teodora. Ou porque a esposa gostasse do feitio das calças, ou porque a moda se conservasse, mantida pelo fidalgo, na comarca de Miranda, o certo é que desde aquela época todas as pantalonas de Calisto foram talhadas pelas primeiras, e a abotoadura sempre aproveitada.

Ora isto em Lisboa fez razoável impressão, especialmente no espírito observador dos gaiatos. Um destes desbragados ousou chamar *gebo* ao legislador; e outro levou a gandaíce ao extremo de planear-lhe um assalto ao chapéu.

Fartas vezes o advertira o abade de Estevães da necessidade de reformar o vestido, e entrajar-se conforme o costume. Calisto respondia que não tinha que entender em costumes, que não fossem, em lusitaníssima frase, ruins costumes. Quanto a vestiduras, dizia que o estofo das suas era português como ele, e o feitio delas era o que mais se aproximava das usanças dos seus maiores, os quais andavam mais apontados no trajar do espírito que nas galanices do corpo. Salvo o abade, ninguém se atrevia a contrariá-lo, desde que um jovem deputado, que lhe observou o arcaísmo do trajo, perguntou se ele era o alfaiate da Câmara, ou se as modas tinham fiscal subsidiado no Parlamento.

Aconteceu ainda que outro deputado lhe analisasse galhofeiramente as botas aguçadas no bico. Sabia Calisto Elói que este deputado era filho de um sujeito de Esposende que começara sua vida fazendo botas. Assim, pois, que o chocarreio subiu da análise das botas para a das polainas da calça, teve mão dele, dizendo-lhe: "Agora, alto aí! Enquanto o senhor escarneceu o feitio das minhas botas, estava no seu ofício e no seu direito. Das botas acima, não. É o caso de eu lhe dizer como Apeles ao sapateiro que lhe censurava a pintura: *ne sutor ultra crepidam*; o que em linguagem quer dizer: não analise o sapateiro da chinela." Os circunstantes e a vítima fizeram-se de cor do nariz de Calisto.

Estas passagens, significativas do salgado espírito do provinciano, sobredouravam a reputação que o trazia nas boas graças da fidalguia realista.

Sabia Calisto, como profundo genealógico, que existia ilustríssima parentela sua em Lisboa; porém, pesavam graves motivos para que ele não quisesse recordar parentesco remoto com tal gente. Era o grão caso que, nos tempos do Mestre de Avis, estava na corte um Martim Anes de Barbuda, da casa de Agra de Freimas, o qual conjurava com o Mestre na façanha do assassínio do conde Andeiro. Até aqui havia muito para que o honrado português se desvanecesse de tal parente. Martim Anes, todavia, temeroso ou arrependido depois do feito, passou-se a Leonor Teles, e com ela e sua família se foi a Espanha, onde morreu, desprezado e amaldiçoado dos portugueses. Na época de D. Duarte, os descendentes de Martim voltaram ao reino, e conseguiram perdão, e posse dos seus haveres confiscados para a coroa. Eis aqui a razão do ódio de Calisto à raça do mau português.

Estava ele, um dia, folheando a reformação das leis de

1560 por Diogo de Pina, no intento de cravejar de erudição um projeto de lei suntuária, quando lhe anunciaram a visita do conde do Reguengo. Calisto estremeceu, e disse de si consigo: "Vens ver o que eram e o que são os legítimos Barbudas de Agra de Freimas... Sê bem-vindo!" Entrou o conde, e disse com grande alvoroço:

— Venho apertar nos braços um parente, que me honra tanto com a inteligência, quanto seus avós me honraram com a lança.

Calisto permaneceu imóvel na cadeira, e tirando os óculos de prata, disse:

— Falta saber se meus avós se honraram dos avós de V. Ex.ª.

— Eu sou o conde do Reguengo — disse o outro, atônito.

— Já sei. O conde do Reguengo é o 16º varão de Martim Anes de Barbuda?

— Sou eu mesmo.

Calisto ergueu-se, montou os óculos, foi mui de pausa e a passo mesurado à estante dos seus livros, e tirou um infólio. Voltou a sentar-se, mandou sentar o conde, abriu o livro e disse:

— Esta é a crônica dos reis, escrita por Duarte Nunes de Leão, e mandada publicar por D. Rodrigo da Cunha, arcebispo de Lisboa. Abro a página 23, e peço ao excelentíssimo conde do Reguengo que leia.

O conde recebeu entre mãos a crônica, e leu o seguinte desde o parágrafo indigitado por Calisto:

"As razões que ao Mestre moviam a apressar sua ida para fora de Portugal era conhecer a condição da rainha, que além do natural das mulheres, que é serem vingativas, ela o era mais que todas; mas, como mulher de grandes espíritos, e astuta que era, onde maior ódio tinha, ali mostrava mais benevolência, pelo que o Mestre tinha por mui suspeita a mostra de amizade que lhe fazia, e se temia mais dela, e tanto cria que lhe tinha maior ódio, quanto mais afeiçoada era ela ao conde João Fernandes, de quem ele a apartou. Ajuntava-se a isto ter ela mandado chamar a el-Rei de Castela. Pelo que, sendo ela rainha, e tendo o favor de el-Rei presente, não confiava o Mestre que sua vida estava segura, pois em vida de el-Rei D. Fernando, não sendo agravada dele, o fez prender e o faria matar. Além disto (as seguintes palavras estavam sublinhadas na crônica e emendadas com um *proh dolor*! da letra de Calisto) muitos dos que se a ele chegaram o deixavam, e se passavam à rainha, como fez Vasco Porcalho, e Martim Anes de Barbuda, comendadores de sua ordem, e Garcia Peres Craveiro de Alcântara, que para ele se viera."

O conde entregou a crônica, e disse num tom de aborrido e confuso:

— E então?

— É V. Ex.ª da progênie desse Barbuda infamado na página eterna de Duarte Nunes?

— Sou — respondeu ufanamente.

— Pois vá em paz, que eu não procedo desses Barbudas. Eu sou o 16º varão de Gonçalo Pero de Barbuda, que morreu em Aljubarrota, na ala dos namorados. Gonçalo era irmão de Martim; mas, ao entrar na batalha, pediu a D. João I que lhe legitimasse um filho natural, para que, no caso de ele perecer, os filhos do irmão tredo lhe não manchassem o solar. Gonçalo morreu, e D. João I cumpriu a vontade do português de lei.

— O que daí infiro — disse sarcasticamente o conde — é que V. Ex.ª procede de um filho natural.

— A mãe do filho natural era abadessa de Vairão, da família dos Alvins — redarguiu triunfante Calisto.

— Coito danado! — retorquiu o conde.

— Discutamos estes pontos graves — voltou serenamente o morgado da Agra, tomando rapé. — A décima segunda avó de V. Ex.ª, Jerônima Talha, era judia de Sesimbra, e esteve como cuvilheira dos sobrinhos de um Heitor de Barbuda com quem casou. Sua tresavó enviuvou sem filhos e casou com um filho do capelão. Deste matrimônio nasceu seu avô Luís de Almeida de Barbuda, que foi o primeiro conde de Reguengo. Reconciliemo-nos, Sr. Conde, pelo que respeita ao sangue de coito danado, se V. Ex.ª quer emparelhar o filho do padre com a abadessa de Vairão, tia da mulher de Nuno Álvares Pereira por Alvins.

O conde ergueu-se acendido de raiva, e disse:

— No que não podemos emparelhar, Sr. Calisto, é na tolice. Vou-me embora, com a vergonha de ter aqui vindo.

— Não vá envergonhado — acudiu Calisto Elói — que eu é que me hei de forrar à vergonha de dizer que V. Ex.ª veio cá.

E, passando a pena de ferro na página da crônica, rasgou a linha que dizia *Martim Anes de Barbuda*.

VIII
Faz rir o Parlamento

Andava o ânimo de Calisto Elói martelado pelo desejo de pôr cobro ao luxo da gente de Lisboa, sendo grande parte neste intento o haverem-lhe os dois pisaverdes do Parlamento metido a riso a sua casaca de briche. Impugnavam-lhe a ideia o abade de Estevães, e outros correlegionários cordatos, mais entrados do espírito do século, e convencidos da inutilidade de atravessar represas à torrente caudal da índole de cada época. O deputado de Miranda respondia que viera de sua terra a cauterizar as chagas do corpo social, e não a cobri-las de adesivos e lenimentos paliativos em respeito à sensibilidade dos doentes. Rebelde às admoestações sisudas de amigos, que lhe receavam alguma queda mortal no conceito da Câmara, Calisto, provocado por um debate sobre importação e direitos de objetos de luxo, pediu a palavra, e o mesmo foi alvorotar alegremente a Câmara, desejosa de ouvi-lo.

Concedida a palavra, e feito o silêncio da curiosidade na sala, ergueu-se o morgado da Agra, e orou deste feitio:

— Sr. Presidente. Os conselheiros dos antigos reis de Portugal, homens de claro juízo e ciência bastante, cortavam os abusos do luxo com pragmáticas, quando os vassalos se desmandavam em trajos, regalos e ostentações ruinosas do indivíduo, e, portanto, da cidade. O senhor rei D. Sebastião, que santa memória haja, promulgou justas e rigorosas leis sobre o uso das sedas. E, naquele tempo, Sr. Presidente, Portugal ainda se banqueteava com a baixela de ouro do Pegu; ainda as paredes das salas nobres estavam colgadas de guadamecins e razes da Pérsia. Era o Portugal, já não robusto nem entusiasta, mas ainda sopitado das embriagadoras delícias dos reinados de D. Manuel e D. João III.

Nas *Ordenações Filipinas*, liv. 5.° t. 82, § 4.°, e seguintes, foram incluídas as principais leis da reformação da justiça de 27 de julho de 1582.

Lá se vê quão salutar era a vara férrea da lei no castigo dos contumazes em proveito da comunidade. (*Um deputado boceja contagiosamente: outros bocejam; e o presidente de ministros tosqueneja.*) Vejamos a pena dos infratores: o peão perdia o vestido defeso, e pagava da cadeia 15 cruzados; e o nobre pagava da cadeia mais 15 cruzados que o plebeu. Note a Câmara que as reformas liberais não complanaram tanto a igualdade entre poderoso e fraco. Bradam por aí os ignaros contra os privilégios e isenções da fidalguia dos tempos ominosos. Estes democratas, se acontece de caírem nas presas da justiça, gritam pelo código das igualdades, e então experimentam o que vai da bonita redação da lei à execução dela. Recolho-me ao assunto, Sr. Presidente...

Um deputado: — Faz bem.

O orador: — Não me lisonjeia o beneplácito do colega. Recolho-me ao assunto, Sr. Presidente. Lastimo este luxo que vejo em Lisboa! Por toda parte, ouro, pedrarias, sedas, veludos, pompas, vaidades! Parece que toda esta gente voltou ontem da Índia nas naus que trouxeram as páreas do Oriente! Essas ruas estroudeiam de carruagens, calechas e berlindas, como se cada dia se estivesse comemorando a passagem do Cabo Tormentório ou o descobrimento da Terra de Santa Cruz, atirando às rebatinhas os tesouros que de lá nos vêm. Por entre estas soberbas carroças...

Um deputado: — Carroças são de lixo.

O orador: — E bem pode ser que seja lixo o que vai nelas... Por entre estas soberbas carroças, Sr. Presidente, vejo eu passar mal-arrimados às paredes, e temerosos de serem esmagados, uns homens de aspecto melancólico, e mal-entrajados. Nestes cuido eu ver D. João de Castro, que empenhou as barbas, e tem duas árvores em Sintra; Duarte Pacheco, que vai entrar no hospital; e Luís de Camões, que vem de comer as sopas dos frades de S. Domingos.

Cada época tem centenares destas ilustres vítimas.

Um deputado: — Vê coisas magníficas!

O orador: — E também vejo o dedo do profeta escrevendo na parede o lema daquele devasso festim... (*Pausa. O orador conserva o braço em postura escultural, apontando à parede. O presidente acorda estremunhado, com a risada do ministro da Fazenda.*) O que eu vejo? Quer o ilustre deputado saber o que eu vejo? É a indústria agrícola de Portugal devorada pelas fábricas do estrangeiro; é o braço do artífice nacional alugado à escravidão do Brasil, porque a Pátria não lhe dá fábricas; é o funcionário público prevaricado, corrupto e ladrão, porque os ordenados lhe não abastam ao luxo em que se desbarata; é o julgador dos vícios e crimes sociais transigindo com os criminosos ricos, para poder correr parelhas com eles em regalias; é a mulher de baixa condição prostituída, para poder realçar pelos ornatos sua beleza; é a aluvião de homens inábeis, que rompe contra os reposteiros das secretarias pedindo empregos, e conjurando nas revoluções, se lhos não dão. O que eu vejo, Sr. Presidente, são sete abismos, e à boca de cada um o rótulo dos sete pecados capitais que assolaram Babilônia, Cartago, Tebas, Roma, Tiro, etc. É o luxo, Sr. Presidente!

Um deputado do Porto: — Peço a palavra.

O orador continuando:

— De que desconhecida lua choveu ouro sobre estes peraltas enluvados e encalamistrados que pejam os teatros, praças, e botequins de Lisboa? Foi para estes tempos que um sábio e claro varão de outro século escreveu: "Desde o bico do pé até à cabeça anda um destes cavalheiros bizarros (ou qualquer destes bizarros ainda que não sejam cavalheiros) armado de vaidade e de estudos de sua compostura, que são cativeiros de espírito, corrupções dos costumes, da república, e despesas da sua fazenda, ou talvez da fazenda que não é sua."

Aqui é que bate o ponto: *da fazenda que não é sua*. À custa de quem se vestem estes Narcisos e Adônis? Que incógnitos veios de ouro exploram? Qual é a sua arte, se não devo antes perguntar quais sejam suas manhas ou ronhas? Que sabe a polícia deles?

E eu já vi, Sr. Presidente, andarem as senhorias e excelências, as pobres esfarrapadinhas, por meio destes peralvilhos, que saem de casa do alfaiate com o foro grande e o desaforo maior. Que desbarato e corruptela é esta dos tratamentos em Lisboa? Abandalha-se tudo para passar a rasoura por sobre um lamaçal plano? Isso é congruente; mas então tapem lá o roto cofre das graças, que a toda a hora nos está despejando coroas e veneras, cruzes e mais cruzes, cruzes onde a honra de Portugal geme cravejada! Fechem lá esses decretos de permanente carnaval, que nos trazem sempre acotovelados com máscaras, que eram ontem os nossos fornecedores de bacalhau, e hoje nos não conhecem a nós, receosos de que os conheçamos a eles!

Sr. Presidente! V. Ex.ª conhece a pragmática do Sr. D. João V, acerca de tratamentos. Eu tenho de a ler amanhã a um tendeiro, que me vendeu figos de comadre, porque o homem se ofendeu de receber um *vossemecê*, que eu longanimamente lhe dei. O alvará reza assim: "Que aos viscondes e barões, aos oficiais da minha casa, e aos das casas das rainhas, e princesas destes reinos; aos gentis-homens das câmaras dos infantes; aos filhos e filhas legítimos dos grandes, dos viscondes e barões... como também aos moços fidalgos... se dê o tratamento de senhoria."

Senhoria aos ministros no estrangeiro; senhoria aos governadores das praças; reitor da universidade; senhoria às dignidades prelaciais e civis; Sr. Presidente, falta uma senhoria legal para o homem que me vendeu os figos. Criemos esta senhoria, para aliviarmos de escrúpulos os que lha derem a medo. Legislemos a podridão dos tratamentos nobilitários. Atiremos ao esterquilínio com esta moeda refece. Isto já não vale nada, não prova nada, não estrema coisa alguma. Latíssima licença de condecorar-se a gentalha! Se algum mesteiral, uma vez, praticar feito nobre, que lhe conquiste justo galardão, havemos de honrá-lo chamando-lhe homem do povo, daquela raça de povo que D. Dinis e D. João I amaram cordialmente.

Desviei-me algum tanto, Sr. Presidente. Vou chegar-me à questão, e concluir, porque a hora me não permite delongas, nem a Câmara terá a benevolência de mas tolerar.

Invoco a atenção dos representantes do País para a mortal peçonha, que vai cancerando o maquinismo vital da nossa independência. Rédeas ao luxo! Tranquem-se as alfândegas às drogas estrangeiras. Carreguem-se de direitos as mercadorias que incitam o apetite e pervertem as condições melhormente morigeradas. Vistamo-nos do que podemos colher de nossas possessões, e do estofo que nossas fábricas podem dar. Sigam-se as leis velhas do último rei da dinastia de Avis. Coimem-se e castiguem-se os que venderem tecidos estrangeiros e os que os puserem em obra.

Um deputado: — Como redigirá o ilustre deputado semelhante absurdo de lei?

O orador: — Como redigirei? Facilmente. Como D. João II legislou a respeito das mulas dos frades. Ora aconteceu que os frades teimaram em cavalgar mulas. Que fez então o estomagado rei? Deu sentença de morte aos ferradores que ferrassem as mulas dos frades. E o caso foi que os desmontou.

Concluí, Sr. Presidente.

O presidente: — Fica reservada para amanhã a palavra ao Sr. Dr. Libório de Meireles, e está fechada a sessão.

O Dr. Libório de Meireles era o deputado portuense que pedira a palavra, durante o discurso de Calisto Elói.

— Que sairá daquele arganaz? — perguntou o morgado da Agra ao abade de Estevães.

— Dizem que é moço de muita sabedoria, e que já escreveu livros.

Calisto sorriu-se e disse:

— Estou bem aviado, se ele já escreveu livros!

IX

O doutor do Porto

O Dr. Libório de Meireles, sujeito de 32 anos, cara honesta, e posturas contemplativas, reunia os predicados que nos outros países ou passam despercebidos, ou são solenizados pela irrisão pública; mas, em Portugal, tais predicados alçam o homem ao cume da escala política, e dão-lhe escolta de absurdos propícios até onde o parvo laureado quer guindar-se.

Esta pessoa madrugou aos 18 anos escrevendo poemas satíricos contra os titulares portuenses, não porque ele se pejasse de vê-los em sua plana, mas porque lhe fugiram dela. O progenitor de Libório era um tendeiro, que entrara na estrada franca da fortuna próspera, criando de sua cabeça, para uso de galegos e carretões madrugadores, um misto saboroso e alcalino de licores, que ainda hoje sustentam o crédito e primazia. Afora isto, inventara o pai do doutor a aguardente de nabos.

Libório foi menos feliz que o pai, no gênero a que se dedicou. Os seus poemas viveram alguns dias afagados pela calúnia, como a beleza das colarejas lisonjeada pelo rosto derrancado dos libertinos. Depois, o filho do tendeiro, graças à baixeza de sua posição social, antes de granjear o ódio dos insultados, já tinha caído no desprezo deles.

Impelido pelo couce de Pégaso, Libório já não podia retroceder. Foi para Coimbra: fez-se examinar em latim, e foi reprovado. Desde este funesto dia de sua vida, Libório começou a dizer que era sábio em latim; e, para vingar-se dos examinadores, traduziu um poema latino com tanta clareza e fidelidade, que o poema original ficou sendo muito mais inteligível aos ignorantes de latim do que a versão com que a memória de Lucrécio fora ultrajada.

Formou-se e doutorou-se Libório, sem impedimento de uns *rr* que, alguma vez, lhe acalcanharam o orgulho. Em seguida foi visitar a Europa; e, de volta aos lares, achou-se no regaço da estúpida fortuna que o beijou, na fronte, e lhe disse: "Este anélito de meus beiços coa-te fogo ao cérebro! Amo-te porque careço de ti. Eu sou a Circe dos gregos: bestifico tudo o que toco, e em ti delego o condão de radiares tua bestidade ao cérebro de quem embarrar por ti. Proponho-me transfigurar, não já em cochinos, mas em mais nobres alimárias, os regedores da coisa pública de Portugal. Tu, dileto, vai caminho da glória. Hoje és deputado; daqui a pouco serás ministro."

De feito, Libório estava deputado, à mesma hora em que o fidalgo da Agra de Freimas era fadado a ser um dia verberado no Parlamento pelo filho do inventor da aguardente de nabos.

Calisto entrou à sala, e, digamo-lo com espanto de sua fleuma, ia tranquilo e até contente, sem embargo de lhe haverem dito alguns colegas quão funesto era o contendor que a sua má sorte e imprudência lhe deparara.

O Dr. Libório, dada a palavra, ergueu-se com ademanes não vulgares, alisou os bigodes, encravou na órbita esquerda um vidro sem grau, e disse:

— Sr. Presidente, discorri cerca de um ano por estranhas plagas. Fui-me mundo afora com o meu bordão e concha de romeiro do progredimento social. Bebi tragos nas enchentes e mel hibleu que desborda dos mananciais da civilização. Vi muito, vi tudo, que me abraseavam sedes de aprender, fomes de Ugolino que rompe seus ferros, e se defronta com lautos estendais de loirejantes iguarias. Que delíquios de exultação me tomavam alma! Como eu me sentia a tragar luz e humanidade por aqueles climas onde o supremo arquiteto chove inventos a frouxo e a flux! Vi muito, e vi tudo, Sr. Presidente. Encheu-se-me o peito de anelos pela sorte da Pátria, e de amores muito seus dela, como de filho que do imo das entranhas lhe quer. Volvi-me no rumo do ninho meu; e, mal me enrubesceram os horizontes desta minha e tão nossa terra de fragrâncias e idílios, assim me coou às fibras do seio um como filtro de melancolia, que me subia aos olhos exsudando lágrimas.

(*Calisto Elói, em perigo de rebentar, ri-se. Parte da Câmara ciciou-lhe um sio prolongado. Calisto acomoda-se e desconfia que a maior parte da Câmara é tola.*)

O orador: — É que eu, Sr. Presidente, muito adentro de alma sentia uns rebates de presságio. Locustas de excruciantíssimos tóxicos, que me estalavam empeçonhando esperanças, enleios, arroubos e dulcíssimas quimeras de ainda ver florejarem os agros da Pátria, estrelarem-se estes céus plúmbeos e rasgarem-se os horizontes à onda fecundante deste ubérrimo torrão. Doeu-me alma, choraram-me olhos, e compreendi a angústia virgiliana do hemistíquio: *dulcia linquimus arva*. (*Muitos apoiados*.)

Pois quê, Sr. Presidente? Cansariam mágoas a quem se lhe antolhasse ter de ainda ouvir nesta casa voz de homem, de homem nado do ventre deste século, de homem que aqui entrou a verter no gazofilácio do templo do eterno Cristo da eterna liberdade, a dracma ou o talento, a mealha ou o tesouro de sua dedicação! Repito, Sr. Presidente, quem deixara de estilar bagas de pranto, ao aportar em chão português com o presságio de que, alguma hora, havia de ouvir neste *sancta--sanctorum* das luzes, blasfêmias contra o luxo que é a artéria, a aorta do corpo industrial? Quem quisera, por tal preço, dizer às nações cultas: "Eu sou daquele céu, nasci naquele jardim de magas, onde Camões poetou glórias para invejas do mundo. Sou da terra dos laranjais onde suspirou Bernardim. Sou da raça dos bravos que perpetuaram Aljubarrota, Atoleiros, Valverde. (*Apoiados prolongados*.) Na minha terra... (quem quererá já dizer?) nasceram Gamas, nasceram Cabrais e Castros, e Albuquerques, Nunes e Regras." Quem, Sr. Presidente?

(*Calisto pede a palavra*.)

O orador: — Que é o luxo? Perguntai ao selvático das florestas ínvias o que é o seu *hamac* e ao europeu o que é o seu almadraque de plumas, tão grato e flácido às ondulações corpóreas. Perguntai às belas europeias que lhes faz a grinalda de brilhantes, e às belas da Florida que prazer lhes insinuam os vítreos idornos de variegadas cores. Oh! o luxo, o luxo, senhores, é marco miliário de civilização, a pomba que se volita da arca, e se vai espanejando de asas por céus e terras além, recobrada dos pavores primeiros, e saltitando de frança em frança. Oh! que rejúbilos de coração para quem fadado lhe foi de cima o entender e amar, que o compreender é amar, na frase incisiva e galharda de Victor Hugo!

Sr. Presidente! O coração da França, o encéfalo, o grande nervo da França é o luxo. E eu estive na França, Sr. Presidente; fui-me lá para me reverberarem nos cristais de alma os lumes daquela perla de Ofir! Ai! a França! Quando nos entreluzem os zimbórios da moderna Babilônia, "*a esperança remonta-se-nos em rasgado voo para tudo mais vasto, mais copioso, mais opulento, a espirrar vida e bem para o alto, para o largo e de muita bênção, a branquear-nos a casinha da serra, a florir-nos o pomar da veiga, a dar-nos canções e alegrias no artífice*".

O luxo, Sr. Presidente, é o espantalho dos ânimos sandios e cainhos.

O deputado Calisto: — Seja pelo amor de Deus!

O orador: — Pois seja, e muito que lhe preste ao colega, que mister se lhe faz perdão de Deus pelas blasfêmias econômicas que ejaculou, sem dar olhos na civilização, matrona prestimosa, que toda se desentranha em blandícias e florinhas de viço e olor para opulentos e desremediados.

O deputado Calisto: — Isso que diz em vernáculo?

O orador: — Que me não fale à mão, se lhe sobranceio o intelecto. Afigura-se-me, Sr. Presidente, que tenho pela frente sombra, e sombra de que não há temermo-nos. Não sei, à bofé, com quem me esgrimo. Propugnar por artes, pôr peito a defender indústrias, ruir os cancelos das fábricas, bafejar incentivos à imaginativa do artífice, enfim e derradeiramente, encarecer a utilidade do luxo, isto me está asseteando o ânimo temeroso de desfechar injúria ao progresso, à ideia, ao *fiat*, à humanidade! Para que me estou aqui afadigando e derramando, Sr. Presidente, se só múmias podem sair-me com esgares de encontro ao civilizador princípio? (*Muitos apoiados.*)

Corre-me obrigação de silêncio. Já de contrito me recolho, e da ofensa à luz me penitencio; que eu me estive a espancar trevas que, em que pese a pávidos agoureiros, já não hão de espessar-se em derredor do sol esplendorosíssimo.

E, pois, antevejo que não há mais dizer, sem entibiar-me a nota de repetições, aqui ponho fecho.

(*O orador foi cumprimentado.*)

O presidente: — Tem a palavra o nobre deputado Calisto Elói de Silos de Benevides de Barbuda.

— Sr. Presidente! — disse Calisto. — Entendi quase nada, porque o Sr. Deputado Dr. Libório não falou português de gente (*risos nas galerias*). As laranjas, espremidas demais, dão sumo azedo, que corta a língua. O Sr. Deputado fez do seu idioma laranja azeda. Se a linguagem portuguesa fosse aquilo que eu acabo de ouvir, devia de estar no vocabulário da língua bunda. Parece-me que os obreiros da torre de Babel, quando Deus os puniu do atrevimento ímpio, falaram daquele feitio! (*Ordem! ordem!*)

O orador: — Ordem, Srs. Deputados, peço eu para a língua portuguesa! Peço-a em nome dos ilustres finados Luís de Sousa, Barros, Couto, e quantos, no dia do juízo, se hão de filar à perna do Sr. Dr. Libório.

O presidente: — Peço ao ilustre deputado que se abstenha de usar frases não parlamentares.

O orador: — Tomo a liberdade de perguntar a V. Ex.ª se as locuções repolhudas do ilustre colega são parlamentares; e, se o são, peço ainda a mercê de se me dizer onde se estudam aquelas farfalhices. (Vozes: *Ordem! ordem!*)

O orador: — Quando aquele senhor me chamou *sandio*, não foi violada a ordem? (*Apoiados.*) Ora pois: eu não quero desordens. Vou pacificamente responder ao Sr. Deputado, como souber e puder. Estou a desconfiar que a minha linguagem seca e desordenada raspará nos ouvidos da Câmara, que ainda agora se deleitou com a retórica florida do Sr. Deputado do Porto. Sou homem das serras. Criei-me por lá no trato fácil e chão dos velhos escritores; aprendi coisa de nada, ou pouquíssimo. A mim, todavia, me quer parecer que o falar gente palavras do uso comum é coisa útil para nos entendermos todos aqui, e para que o País nos entenda. Do menosprezo desta utilidade resulta não poder eu aperceber--me de razões para cabalmente responder aos argumentos do discreteador mancebo. Percebi, a longe, pouquinhas ideias; porém, querendo Deus, hei de, se me ajudar a paciência com que estudei o idioma de Tucídides, decifrar os dizeres de S. Ex.ª no *Diário das Câmaras*. (*Riso*.)

O ilustre deputado quer que o luxo indique a riqueza das nações. Isto é o que eu entendi do seu arrazoamento. Em França viu S. Ex.ª mosquitos por cordas. Pois, Sr. Presidente, eu li que, em França, onde o luxo é maior aí é menor, em proporção, o número dos indivíduos ricos. (Vozes: *Apoiado!*) Este caso, se é verdadeiro, corta pela haste as flores todas dos jardins oratórios do Sr. Dr. Libório. Que mais disse S. Ex.ª? Faça-me a graça do mo achanar na linguagem caseira com que o diria à sua família em *prática como do lar*, consoante fraseia D. Francisco Manuel de Melo na *Carta de Guia*.

O Dr. Libório de Meireles: — Não velei as armas do raciocínio para me ir à liça da absurdeza. Melhores fadas me fadaram; e não me estou aqui sabatinando como em pleitos de bancos escolares. (Vozes: *Muito bem*.)

O orador: — Muito bem o quê?... Vai-me parecendo história isto, Sr. Presidente!... Eu queria-me entender com o Sr. Deputado, a fim de tirarmos algum proveito deste debate; mas S. Ex.ª, pelos modos por me ver assim minguando de afeites poéticos, acoima-me de absurdidade, e despreza-me!... Valha-me Deus! Se o Sr. Dr. Libório me não lançasse da sua presença com tamanho desamor, havia de perguntar-lhe por que foram Atenas e Roma bem morigeradas quando pobres, e corrompidas quando ricas e luxuosas. Havia de perguntar-lhe que artes e ciências progrediram entre os sibaritas e lídios, povos que a mais elevado grau de luxo subiram. Havia de perguntar-lhe por que foi que os persas acaudilhados por Ciro, cortados de vida áspera e privada do necessário, subjugaram as nações opulentas. Havia de perguntar-lhe por que foram os persas, logo que se deram às delícias do luxo, vencidos pelos lacedemônios.

A suprema verdade, Sr. Presidente, a verdade que os

arrebiques da retórica não sofismam, é que, à medida que os impérios antigos se locupletavam, o luxo ia de foz em fora, e os costumes a destragarem-se gradualmente, e o pulso da independência a quebrantar-se, e os cimentos das nações a estremecerem. Depois, era o cair do Egito, da Pérsia, da Grécia e Roma.

Até aqui a história, Sr. Presidente; daqui em diante o Sr. Dr. Libório de Meireles, o moço poeta, que foi a França, e achou desmentidos Xenofonte e Trucídides, Lívio e Tácito, Plutarco e Flávio.

O Sr. Doutor, a meu juízo, é sujeito de grande imaginativa. Bonita coisa é idear fabulações em academia de poetas; porém, nesta casa, onde a Nação nos manda depurar a verdade dos falaciosos ornatos com que a mentira se arreia, mister é que sejamos sinceros. Já o insigne autor dos *Apólogos Dialogais* disse que *a imaginação era curral do conselho, onde, por não ter portas, todo o animal tinha entrada.* Bom é também que os moços muito imaginativos se não pavoneiem até ao filaucioso sobrecenho de passarem alvará de sandeus à gente que raciocina mais porque imagina menos. É permitido aos versistas poetarem em prosa; mas as liberdades poéticas não ajustam bem nos debates circunspectos da *res publica.*

Vou concluir, Sr. Presidente, votando contra o projeto do ilustre colega, que propôs a redução dos direitos aduaneiros das sedas, e pedido ao Sr. Dr. Libório, que, se outra vez me der a honra de embicar com este pobre homem lá das montanhas da raia, haja por bem de se expressar em linguagem rasa e correntia. Não sou homem de salvas e rodeios; digo as coisas à moda velha. Quero-me português com os do sujeito, verbo e caso no seu competente lugar. E, se assim não for, ir-me-ei com aquelas palavras que ouviu Arsênio: *Fuge, quiesce et tace*; “foge, sossega e não fales”.

Sentou-se Calisto Elói. Alguns deputados anciãos do partido liberal foram cumprimentá-lo; e outros, que se pejaram de imitar os velhos, encararam no rústico provinciano com cortesia e tal qual veneração. Calisto Elói ganhara consideração na Câmara e no País.

Os deputados governamentais acercaram-se dele,

convidando-o em termos delicados a aceitar, no banquete do progresso, o lugar que a sua inteligência reclamava. Os deputados oposicionistas conjuravam-no a não levantar mão de sobre os projetos depredadores com que a facção governamental andava cavando novas voragens ao País.

O morgado da Agra respondia que estava descontente de gregos e troianos, e acrescentava:

— Não sei, por ora, de qual dos lados da Câmara se fala pior a língua pátria. Tenho ouvido os quinhentistas à la moda, e os galiparlas. Todos ressabem a ervilhaca; uns estão gafados de francesias, outros tresandam nos seus dizeres a bafio que os bons seiscentistas rejeitaram. Carecem de cunho nacional estes homens. O mau português principia a sê-lo, desde que mareia a pureza de sua língua. Deem-me portugueses de língua, e eu me bandearei com eles, como com portugueses de coração. Com aquele Dr. Libório do Porto nem para o céu. Tenho medo que Deus o não entenda, e nos ponha ambos fora de cambulhada.

X

O CORAÇÃO DO HOMEM

Entremos no coração de Calisto Elói.

Cuidava o leitor que não tínhamos que entender com aquela entranha do homem? Estou que a julgaram inviolável às suspeitas da história em ato de tanto alcance na biografia deste personagem!

Já se disse que orçava pelos 44 o morgado. Naquela idade, se há fibras virginais no coração, eram as dele.

Casara com sua prima Teodora, menina estimabilíssima por virtudes, mas mais feia do que pede a razão que seja uma senhora honesta. A noiva deixou-se ir pela mão do pai à casa do esposo. Não ia alegre nem triste. Tanto se lhe dava casar com o primo Calisto como com o primo Leonardo. Logo que o pai lhe consentiu que levasse para Caçarelhos umas três dúzias de galinhas e parrecos, que ela criara, não lhe ficou na casa natal coisa para sérias saudades.

Encontrou marido ao pintar. Coraram ambos ao mesmo tempo, quando o bulício das festas nupciais se aquietou e a mãe do noivo lhes disse: "Meninos, cada mocho a seu "souto" — frase ameníssima que em pouco e depressa exprime a muita poesia de toda aquela família.

Calisto, ao outro dia da primeira noite de esposo, por volta das sete horas da manhã, já estava a ler a *Viagem à Terra Santa*, por frei Pantaleão de Aveiro; e, à mesma hora, a noiva andava de pé sobre um catre de pau preto rendilhado, com uma vassoura de giesta, a limpar teias de aranha do teto.

Almoçaram e foram visitar o pai e o sogro, em cuja casa jantaram. Durante a visita, a Sr.ª D. Teodora esteve a ensinar uma criada a engomar as camisas do pai; e Calisto, como descobrisse num armário um tratado de alveitaria de 1610, levou-o de um fôlego, e tirou apontamentos, visto que o sogro se tratava por aquela medicina, diminuindo as doses das drogas. Não sei quem lhe dissera a ele que o Sr. D. João IV, nas doenças graves, se medicava com um veterinário.

Ora, deste começo de amores, infiram, senhores, o restante daquela doce vida!

Teodora tomou a cargo os cuidados domésticos de sua sogra, e muitos do trato com caseiros, vendo que o marido, tirante as horas de comer, não saía da livraria onde a mulher, como amável sombra, o ia visitar, e, olhando com desdém sobre os infólios, dizia-lhe:

— Ó homem, ainda não acabaste de ler esses missais?

— Isto não são missais, menina. Não estejas a profanar os meus clássicos.

A esposa não entendia isto, e pedia-lhe que lhe lesse pela vigésima vez as *Sete Partidas de D. Pedro*. E o bom marido lia-lhe pela vigésima vez as *Sete Partidas*, porque estavam escritas em português de lei.

Vida para invejar! Paraíso em que Deus se esqueceu de mandar o anjo do montante de fogo vedar a entrada!

Discorreram anos, sem que o morgado tivesse de perguntar à sua consciência a explicação do mínimo alvoroço de sangue na presença de mulher estranha. Andava por feiras, quando a mulher o mandava comprar utensílios agrícolas; pernoitava por diversas casas da província, famosas pela beleza das donas, e contava-lhes casos miríficos de suas leituras, se acontecia não achar livro velho que lhe deliciasse o serão.

Da maior, e talvez única dor literária da sua vida, fui eu causa. Calisto, pernoitando em não sei que solar de damas dadas à leitura amena, pediu algum livro, e deram-lhe um romance meu. Consta-me que deixou o volume com as margens anotadas de galicismos e manchas de toda a casta. Imaginem quantas punhaladas eu dei naquele lusitaníssimo coração!

Afora este incidente, as boninas da vida campestre floriam imarcescíveis para o homem de bem, raro exemplo de compostura; salvo quando lhe beliscavam a estirpe que, então, como já disse, retaliava descaridosamente e revelava a quebra contingente de todo o homem imperfeito de sua natureza. Isto criou-lhe inimigos; mas detraidores de sua fidelidade marital nenhum tentou infamar-lhe o bom nome. Das virtudes conjugais de Teodora até me treme a pena somente de escrever isto para encarecê-las! Duvide-se da pureza das 11 mil virgens, antes de maliciar suspeitas daquela matrona, em tudo romana, do puro estofo das Cornélias, Pôncias e Árrias.

Com esta pureza de vida entrara em Lisboa o morgado da Agra.

Aí está um novo Daniel à beira da fornalha. Aí está o homem-anjo! Quarenta e quatro anos imaculados! Um coração que, se algumas imagens tem gravadas, são as dos frontispícios aparatosos dc alguma edição *princeps*, de algum *Elzevir* anotado por Grenobius.

XI
Santas ousadias

Natural coisa é que este sujeito, intangível às carícias do amor, seja severo e intolerante com as fragilidades do coração.

Aconteceu-lhe frequentar, uma noite por outra, a sala de um antigo desembargador do paço, que era pai de duas galantes senhoras, uma casada e outra solteira.

Soou aos ouvidos de Calisto Elói que uma das ilustres damas enodoava sua gentileza e prosápia, violando os deveres de esposa. Fez-lhe sangrar o coração honrado tão funesta nova, e comunicou ele o seu espanto e dor ao colega abade.

O abade desfechou-lhe na cara uma estralada de riso civilizado, e disse-lhe:

— Ora o morgado tem coisas! V. Ex.ª parece que caiu, há pouco, de algum planeta! Olhe que Lisboa não é Miranda, meu amigo. Se o morgado tem de espantar-se por cada caso destes que chegar ao seu conhecimento, a sua vida na capital tem de ser um permanente ponto de admiração!... Deixe correr o mundo...

— Que remédio! — atalhou o morgado — mas o que eu farei é sacudir o pó dos meus botins à porta das casas cuja desordem de costumes me escandalizar. Não voltarei à casa do desembargador Sarmento.

— Faça V. Ex.ª o que quiser; porém, consinta que eu reprove semelhante procedimento, por duas razões: seja a primeira, que o desembargador e a família receberam o Sr. Morgado com cordial afeto; segunda razão, é que V. Ex.ª já não está em idade de perder a sua virtude seduzida por maus exemplos. Faça como eu: lamente as misérias dos homens, e viva com eles, sem participar-lhes dos defeitos; porque, meu nobre amigo, se a gente vai a rejeitar as relações das famílias, justa ou injustamente abocanhadas pela maledicência, a poucos passos não temos quem nos receba.

— Eu tenho os meus livros — acudiu Calisto.

— E os seus livros, as suas crônicas, os seus clássicos gregos e latinos não lhe contam enormes desmoralizações? V. Ex.ª, que leu a vida romana em Tácito, e Apuleio, e no Festim de Trimalcião de Petrônio...

— De qual Petrônio? — interrompeu o morgado. — Foram doze os Petrônios em Roma, e todos escreveram com mais ou menos despejo.

— Pois melhor. Se V. Ex.ª leu doze, eu li um, que era o ecônomo, ou árbitro dos prazeres de Nero, e este me bastou para edificação do meu espírito. Pois, se o meu amigo pode ler sem horror as infâmias das saturnais, e os mistérios da deusa Bona, e quejandas protérvias dos antigos tempos, como pode espantar-se do que ouve dizer da filha do desembargador Sarmento, que, afinal de contas, pode estar inocente do crime que lhe assacam?! Não a vê V. Ex.ª filha cuidadosa, mãe estremecida, e esposa honesta na aparência? Já a ouviu defender teses da moral do adultério? Que lhe importa a V. Ex.ª o que se passa lá na vida particular da mulher?

Calisto deteve-se breves instantes com a resposta, e disse:

— Acho-lhe razão, Sr. Abade, não tanto pelo que disse, como pelo que não disse. As pessoas de vida impoluta devem acercar-se daquelas que prevaricam. Lá vem uma hora em que o conselho é tábua salvadora... Quem sabe se eu terei predestinação de desviar aquela senhora do caminho mau?!...

— É verdade — assentiu o abade; — mas é justo e urbano que V. Ex.ª não vá interrogá-la sobre coisas do foro íntimo.

— Não me ensine as leis da cortesia, abade — replicou algum tanto afrontado o morgado da Agra. — Eu não me fiz em alcatifas de salas; mas aprendi a polícia e trato humano nas lições de galãs afamados como D. Francisco Manuel. E, demais disso, meu caro Sr. Abade, não me peça Deus conta de minha soberba, se eu lhe digo que o bom sangue como que já tem congeniais e infusas em si as regras da urbanidade cortesã. Não se fazem mister diretórios de civilidade a sujeitos que herdam com a fidalguia a índole dos avoengos palacianos, feitos nas cortes, e afeitos a sentarem-se na ourela dos tronos.

— Não ponho dúvida nisso; — obtemperou o abade, e acrescentou com malícia e bem rebuçada ironia — alguns fidalgos muito malcriados que tenho topado, quanto a mim, não lhes faltou a herança de polidez; foram eles que propriamente derrancaram sua índole, até se fazerem plebe grosseira e ignóbil.

— Acertadamente — disse o morgado.

— Eu ensinar cortesia a V. Ex.ª! — insistiu o deputado bracarense. — A minha observação tendia a moderar os impulsos descomedidos da sua justa censura aos maus costumes da Sr.ª D. Catarina Sarmento. *Noli esse multum justum*, diz o *Eclesiastes*. Bem fidalgos e policiados eram S. Domingos de Gusmão, S. Francisco de Bórgia e Santo Inácio de Loiola; todavia, bem sabe V. Ex.ª com que isenção e santa descortesia eles invectivavam as corruptelas da mais elevada sociedade, em rosto dos delinquentes.

— Mas eu não sou apóstolo — acudiu Calisto. — Conheço que já não vim a tempo, nem a missão me condecora. Assim mesmo, sem desaire das pessoas, hei de pôr a pontaria aos vícios, e, se puder, influirei pensamentos de emenda ao ânimo dos viciosos.

Numa das seguintes noites, foi Calisto ao chá do desembargador Sarmento. Achou mais abatido e melancólico o antigo magistrado. Estiveram conversando à puridade sobre o desgosto que revia a face do hospedeiro ancião. Crê-se que Sarmento lhe dissera que sua filha Catarina, depois de haver casado por paixão, com cedo se desaviera da vontade do marido, e este da estima dela; de modo que raro dia deixavam de alterar e renhir por motivos insignificantes. Disto resultava a tristeza constante do velho, acrescentada agora com ter-lhe dito alguém que sua filha andava infamada pela voz pública.

— Ferro penetrante — exclamou o desembargador — que me traspassou este corpo já fraco e pendido à campa.

Calisto apertou-o nos braços e clamou:

— Amigo e senhor meu! A desgraça não derrete o aço

dos peitos fortes. Tenha-se V. Ex.ª arrimado ao bordão de sua honra, que não hão de adversidades derribá-lo. Aqui me ponho de seu lado, com a fortaleza da amizade, para, como filho de V. Ex.ª e irmão da Sr.ª D. Catarina, minha senhora, tirar a limpo da sujidade da calúnia, se o é, a virtude dela, e o contentamento de V. Ex.ª. Aqui vem de molde o repetir as palavras afetivas do meu dileto Heitor Pinto, no tratado da *Tribulação*: "O que eu queria é que a boceta de vossas angústias estivesse depositada em minhas entranhas, e que os meus bens fossem vossos, e os vossos males fossem meus."

Ouvido isto, o desembargador comoveu-se até às lágrimas, e disse com mui entranhado afeto:

— Quem me dera assim um marido para a minha Adelaide, que nesta casa reinaria o sossego da virtude! Agora vejo que lá nos esconderijos dos matos das províncias se refugiaram as relíquias da honra portuguesa! Ditosa senhora a que avassalou tão honesta alma!

Daí a pouco, o morgado da Agra, buscando azo de estar apartado com Catarina a um canto da sala, e praticando sobre livros perigosos, rompeu nesta pergunta:

— A Sr.ª D. Catarina já leu Homero?

— É romance? — disse ela.

— Romance ou fabulário de alta moral lhe havemos de chamar; já não romances de uns que, de oitava o sei, por aí empestam a sociedade. Na *Ilíada* de Homero achei dois pares de casados: um é Páris, que se matrimoniou com Helena; o outro é Ulisses, que se casou com Penélope. Os primeiros, cobiçosos e voluptuários, cobriram a Grécia de calamidades; os segundos, prudentes e discretos, foram o modelo do tálamo ditoso.

Fez Calisto uma longa pausa, e prosseguiu, interpolando os dizeres com algumas pitadas, que solenizavam a gravidade das falas.

— Ninguém devera casar sem muito ler e sem aplaudir aqueles preceitos do casamento escritos pelo eminentíssimo Plutarco.

— Não conheço — disse a dama... — Li *Le mariage*, de Balzac.

— Não sei quem é; deve ser francês.

— Pois não leu?

— Eu não leio francês. Não me chega o meu tempo para tirar águas sujas de poços infectos. Plutarco é oráculo nesta matéria. Um pensamento lhe li que me chegou à medula, e que ainda agora em Lisboa me saiu explicado. Diz ele algures: "Não podem as mulheres convencer-se de que Pasifaé, bem que esposa de um rei, se enamorasse apaixonadamente de um touro; ao passo que estão vendo, sem espanto, mulheres que menosprezam maridos beneméritos e honrados, e se dedicam a homens bestificados pela libertinagem." Asseveram-me os pilotos peritos nestes mares verdes e aparcelados da capital que há disto muito por aqui.

— É possível... — balbuciou D. Catarina.

— E porque não há de ser, se algumas senhoras conheço eu casadas — tornou Calisto — que andam com os braços nus fora das alcovas do seu leito nupcial!...

— E isso que tem? — atalhou a dama — é a moda...

— A moda, que franqueia as portas aos ruins desejos, às cogitações viciosas, aos afrontamentos, ao pudor. Aquela filha de Pitágoras, a quem encareceram o feitio do braço, respondeu: "Belo é; mas não para ser visto. Na *Andrômaca* de Eurípedes, Hermione exclama: Infelicitei-me, consentindo que de mim se achegassem mulheres perversas. Quantas damas de hoje em dia poderão dizer, e na consciência o estarão dizendo: Consenti, para minha desgraça, que perversos homens convizinhassem de mim!..."

— Mas onde quer V. Ex.ª chegar com o seu discurso? — interrompeu a filha do desembargador.

— A razão da Sr.ª D. Catarina, minha senhora.

— Como assim?! Quem o autoriza...

— As lágrimas de seu Ex.mo pai.

— Veja lá, Sr. Barbuda, que se não equivocasse com as lágrimas do meu pai... A minha reputação e costumes repelem semelhantes alusões, se o são.

— Piores do que estas, Sr.ª D. Catarina, minha senhora, piores referências do que estas lhe faz a voz do mundo.

— A mim?

— A fé! que sim! Dou-lhe em penhor da verdade a minha honra.

— Mas — interrogou irada e rubra de despeito a dama — que ousadia a de V. Ex.ª falar assim a uma senhora que apenas conhece!... Olhe que essas liberdades de províncias não se usam cá em Lisboa.

— Não se moleste assim, minha senhora — tornou Calisto. — Respeito tanto V. Ex.ª quanto estimo seu venerando pai. O atrevimento é grande, maior será a magnanimidade de V. Ex.ª em perdoar-mo. Lágrimas de velho e de pai dão estranho ousio. Desgraças sobranceiras incutem alentos destemidos nas mais fracas almas. No propósito de conjugar a tormenta, que se escapela e ameaça de soçobrar a felicidade de uma família ilustre, é que eu, Sr.ª D. Catarina, me afoitei a ser o advogado espontâneo do bem de todos.

— Agradeço o zelo, mas agradecera-lhe mais a discrição — disse D. Catarina; e, retirando-se fez uma cerimoniosa mesura a Calisto.

Não voltou mais à sala a dama. O desembargador não desfitava olhos de Calisto Elói, que se assentou meditativo no mais assombrado do recinto.

Erguera-se do voltarete o abade de Estevães, e abeirou-se dele, dizendo:

— Desconfiei que V. Ex.ª estava missionando a dama... Amoleceu-a?

Calisto ergueu a fronte, enclavinhou os dedos nas mãos sobre o peito consternado, e murmurou:

— Agora acabo de entender o meu padre Manuel Bernardes.

E repetiu em tom cavo:

"Converto minha atenção, e temor a ti, ó Lisboa, Lisboa, considerando o que em ti passa. Medo me fazem tuas corrupções tão graves e tão devassas, que já o lançar-tas em rosto, não seja nos zelosos falta prudência, senão obras de mágoa."

Depois, supirou, e tabaqueou profusamente.

XII
O ANJO CUSTÓDIO

Santa audácia! Bizarra índole de antigo cavaleiro, que abriga no peito a generosidade com que os heróis dos Lobeiras, Cervantes, Barros e Morais se lançavam às aventurosas lides, no intento de corrigir vícios e endireitar as tortuosidades da humana maldade!

Não desanimou Calisto Elói, tão desabridamente rebatido por D. Catarina Sarmento.

Averiguou quem fosse o galã daquela cega dama, e facilmente lho nomearam. Era um gentil moço, useiro e vezeiro de semelhantes baldas, enfatuado delas, e respondendo por si com sabre ou florete, quando gente intrometida em vidas alheias lhe falava à mão.

O informador do morgado explanou difusamente as qualidades so sujeito, relatando as vítimas, e os acutilados na defesa delas.

Ocorreu à memória de Calisto aquela apostólica e heroica intrepidez de fr. Bartolomeu dos Mártires, quando foi a desfrontar-se com um criminoso e façanhudo balio, que prometia engolir o arcebispo de Braga, e o colégio dos cardeais com o próprio papa, se necessário fosse! Grande coisa é ter lido os bons clássicos, se desejamos saber a língua portuguesa, e criar alentos para atacar velhacos!

Aí vai o esforçado Calisto Elói de Silos em demanda de D. Bruno de Mascarenhas. Um escudeiro anuncia ao fidalgo um ratazana.

— Quem é um ratazana? — pergunta D. Bruno.

— É um sujeitório — diz o criado — vestido ratonamente, e não diz o nome, porque V. Ex.ª o não conhece.

— Que quer ele?

— Falar com V. Ex.ª.

— Vai perguntar-lhe quem é, donde vem, e que quer.

Interrogou o criado com mau semblante o morgado.

Calisto escreveu numa página rasgada da carteira, e perguntou ao criado se sabia ler. Disse que não o interrogado.

— Pois entrega esse papel a S. Ex.ª.

D. Bruno leu, meditou algum espaço, e perguntou:

— Sabes se em casa do desembargador Sarmento há algum criado chamado Custódio?

— Não, senhor, não havia até ontem; só se entrou hoje.

— Esse homem que aí está dá ares de criado?

— Não, senhor: é assim um jarreta vestido à antiga, com uma gravata que parece um colete.

— Manda-o entrar para aqui.

D. Bruno releu a linha escrita a lápis, e disse entre si:

— Que Custódio é este!?

Nisto, assomou Calisto Elói.

Bruno de Mascarenhas adiantou-se a recebê-lo, e disse-lhe maravilhado:

— Eu já tive a honra de cumprimentar V. Ex.ª no escritório da *Nação*. V. Ex.ª é o Sr. Calisto Elói de Barbuda.

— Sou, e agora me recordo que já tive o prazer de o encontrar...

— Mas V. Ex.ª neste bilhete diz que é Custódio! — tornou Bruno.

— Custódio, que é sinônimo de anjo da guarda, ou anjo custódio da Ex.ᵐᵃ Sr.ª D. Catarina Sarmento.

Abriu o moço a boca, e disse:

— Ah!... agora é que eu percebo... Mas... queira V. Ex.ª sentar-se... Eu não sei que alusão possa ser esta... que... a respeito de...

Calisto sentou-se, estendeu o braço direito com a mão aberta, e atalhou o enleio de Bruno, dizendo solenemente:

— Vou falar.

E, após curta pausa, relanceou discretamente os olhos à porta, como quem receia ser ouvido.

— Pode V. Ex.ª falar, que eu fecho a porta — disse o confuso Mascarenhas.

O Sr. Bruno de Mascarenhas — prosseguiu o morgado — é solteiro. Cedo ou tarde há de ser casado, porque é varão de preclaríssima linhagem, e duas forças invencíveis hão de compeli-lo a propagar-se: o sentimento congênito da espécie, e a glória, que vanglória não é, da prossecução da raça.

(*Este exórdio abrupto envencilhou os espíritos de D. Bruno, os quais eram pouco entendidos em estilo garrafal.*)

— Façamos de conta — prosseguiu Calisto — que V. Ex.ª é hoje, como será, volvidos meses ou anos, casado com uma dama igual em sangue, de honrada fama, acatada do conceito geral, dama enfim, na qual V. Ex.ª empregou suas complacências todas. À boa dita de esposo sucede-lhe a prosperidade de pai. Vê V. Ex.ª em redor de si umas alegres criancinhas, que o beijam e o furtam, com graciosas blandícias, às graves cogitações dos negócios, e aos aborrecimentos que salteiam as existências mais descuidadas e desprendidas. A mãe dos filhinhos de V. Ex.ª é o cofre de ouro; as crianças são as joias inestimáveis que V. Ex.ª lá encontrou e lá encerra.

A mãe é a flor, os filhos são o fruto. V. Ex.ª arde de amores deles e dela. Porque a sua família é não somente a sua alegria doméstica, senão que lhe é fora de casa um pregão da honestidade e honra que vai nela.

De repente, quando V. Ex. ª está meditando nos júbilos da velhice, com seus filhos já homens, com sua esposa laureada pelas cãs sem mácula, de repente, digo, há um amigo em lágrimas, ou um inimigo secretamente satisfeito, que lhe diz: "Tua mulher desonra-te; essas crianças, que tu afagas, e para quem estás multiplicando os teus haveres, podem não ser teus filhos, porque tua mulher prevaricou." Pergunto eu ao Ex.mo Bruno de Mascarenhas: a sua agonia, nessa hora de atroz revelação, como hão de expressá-la os que a não sentiram ainda?

— Não sei... — respondeu Bruno. — Só no caso de se darem as circunstâncias que V. Ex.ª diz é que se pode responder.

— Todavia, o seu entendimento e coração, já antes da experiência, podem antever qual deva ser a agonia do marido desonrado pela ignomínia de sua mulher...

— Sim...

— Até aqui a hipótese em V. Ex.ª; agora o exemplo em Duarte de Malafaia, marido de D. Catarina Sarmento. Duarte era rico, e dos mais fidalgos; por excesso de amor casou com D. Catarina, filha de um nobilíssimo cavalheiro, porém magistrado empobrecido pelos desconcertos da política. Duarte entrou naquela casa, restaurou a decência antiga, e encostou ao seio as cãs do magistrado octogenário, assegurando-lhe o sossego e contentamentos dos anos últimos da vida.

Decorridos cinco anos, Duarte tem cinco filhos. São anjos que descem a povoar o paraíso daquela ditosa família. Brincam à volta de sua mãe, e como que lhe estão dando os alegres emboras da felicidade que ele está gozando, e lhe augura a eles.

É neste ensejo que o inferno se abre aos pés desta família honrada e ditosa. Surge das tenebrosas agonias um homem que despedaça às mãos os laços humanos e divinos da santa união do velho, da filha, do genro, e dos netos. Ora, o homem que os assaltou no seu éden foi o Sr. D. Bruno de Mascarenhas.

— Eu!... — exclamou o moço com artificial espanto.

— V. Ex.ª. Vejo-o admirado, não sei se da minha afoiteza, se da responsabilidade que lhe pesa, Sr. D. Bruno!

— Mas o que houve em casa do Sarmento? — perguntou alvoroçado o fidalgo.

— O que eu antes de ontem vi foi a face do ancião lavada de lágrimas. O que eu vi ontem à noite foi D. Duarte de Malafaia fitar os olhos nas criancinhas, e escondê-los para que o não vissem chorar. O que hoje verei em casa do desembargador Sarmento, se V. Ex.ª o não pressagia... Não temos tempo para conjecturas; a chaga deve ser cauterizada já, para não ser gangrena amanhã. Quer V. Ex.ª ajudar-me a conjurar a nuvem negra que vai rasgar-se em torrentes de desgraças?

D. Bruno refletiu dois segundos, como se houvesse pejo de responder, no primeiro instante:

— Da melhor vontade. Eu desisto destas relações, para evitar desgostos sérios à Sr.ª D. Catarina.

— Fala-me um honrado português, que tem o apelido dos Mascarenhas? — perguntou com solenidade o Barbuda.

— Juro pela honra de meus avós.

— Que vai fazer V. Ex.ª? — tornou Calisto.

— Antecipo um passeio que mais tarde tencionava fazer à Europa. Parto no paquete de amanhã para França.

— Sem dizer nem fazer saber à Sr.ª D. Catarina que esteve aqui um amigo do desembargador Sarmento.

— Nada direi, Sr. Barbuda.

— Aperto-lhe e beijo esta mão. Agradeço-lho em nome dos cinco filhos de Duarte Malafaia, ou dos cinco anjos que lhe chamam pai.

E saiu com os olhos marejados.

D. Bruno cumpriu a promessa com tanta pontualidade como o faria um sujeito de menos fidalgos brios, se lhe dissessem: "Afasta-te, se não queres o encargo de amparar uma família, cujo esteio estás quebrando."

É coisa que pouquíssimo custa, em condições análogas, o ser pontual. Às vezes, até se vinga fama de prudente e ajuizado.

Como quer que fosse, Calisto Elói foi dali em direitura à poltrona do magistrado, e disse-lhe:

— Cobre ânimo, amigo e senhor meu. O inimigo levantou o cerco. A maledicência descaridosa, se não mudar de juízo, esquece-se.

Seguiu-se a narrativa do acontecido, e as alegrias do ancião interpoladas de agradecidas lágrimas.

XIII
Regeneração

Ó coração sensível! Ó pecadora Catarina, que vais agora expiar o teu crime na cruz da saudade! Aquele Calisto, cuidando que te salvava, matou-te!

Não foi tanto quanto diz a apóstrofe; mas, de feito, Catarina, quando recebeu de Bruno de Mascarenhas uma carta saturada de sãs doutrinas e reflexões, como as faria S. Francisco de Sales a madame Du Chantal, entendeu de si para consigo que devia morrer de respeito e raiva. O fugitivo escrevia-lhe pouco antes de embarcar-se. Não referia o diálogo com Calisto; dava, porém, como certa uma tempestade a prumo das cabeças deles delinquentes. "Irei, dizia ele, morrer longe da mulher que amo, para lhe não sacrificar os créditos e os filhos. Se souberes que eu morri, recompensa-me esta virtude rara, dizendo em tua consciência que eu te amei, como já ninguém ama sobre a face da terra."

Depois, seguiam-se na carta os conselhos ajustados à felicidade da vida. Expunha as consequências funestas das paixões. E terminava dizendo que as lágrimas o não deixavam continuar.

Que dama resistiria, depois disto, à Parca dura?

Encerrou-se a filha do desembargador, no intento de providenciar em artigo de morte, e entrouxar para a eternidade.

Nestas cogitações a surpreendeu a mana Adelaide, mostrando-lhe uma carta de um certo Vasco da Cunha, que escrevia desde muito, e honestamente, à menina solteira, no propósito de casamento. Este Vasco, de boa linhagem, conhecia Bruno, e via com desprazer os amores da dama, que havia de ser sua cunhada. Eventualmente soubera ele do embarque do Mascarenhas. Pessoas que o viram a bordo referiram-lhe que o sujeito, perguntando acerca dos amores de Catarina Malafaia, respondera fatuamente que se ia escapando a um aguaceiro de escândalos, com que ele não queria brincar, porque a mulher, entusiasta e apaixonada mais que o necessário, seria capaz de o fazer assumir as funções de marido não canônico.

Pouco mais ou menos, era daquela amável contextura o período que D. Adelaide leu a sua irmã lagrimosa.

D. Catarina levantou-se com fidalgos brios, chamou pelos filhos, abraçou-se neles, e disse à irmã:

— Estou bem! Deus me perdoará, rogado por estes inocentes. Meu amado marido, como eu te quero hoje! Como eu sinto o teu coração a consolar-me nestes remorsos!...

Ora, eu não tenho a caridade de crer nos remorsos de D. Catarina; mas piamente acredito que a mulher se estava sentindo mais amiga do marido, fineza que ele devia agradecer--lhe com as suas mais melífluas carícias.

E veio logo a suceder que o esposo, surpreendido pela extremosa ternura da senhora, estranhou o caso, e requereu brandamente a explicação da improvisa mudança. Catarina, imaginosa como todas as pessoas que amam muito, explicou, entre alegre e lagrimante, que afinal se convencera que o seu Duarte a não traía: suspeita de tanta força para ela, que pudera empeçonhar, com as serpes do ciúme, a felicidade de duas almas ligadas por paixão.

Duarte ficou lisonjeado e satisfeito. Seguiu-se confessar ele também as suas vagas desconfianças quanto à lealdade da esposa. Aqui é que foi a cena, digna de mais conspícuo narrador. A ofendida senhora pregou os olhos no firmamento de madeira, espreitou por ele o empíreo, com a dupla vista que dá a angústia, e murmurou:

— Céus! Que injustiça!

Era dor que lhe encolhia os folipos das lágrimas. Não arranjou a chorar. Caiu de golpe na poltrona de mais capacidade e flacidez para quedas daquela natureza! E, tapando a face com as mãos alvíssimas, balbuciou, desentalando-se dos suspiros:

— Oh! que infeliz! que infeliz!

Duarte inclinou-se com os lábios ao colo de Catarina, e disse afetuosamente:

— Perdoemos um ao outro. Estes ciúmes recíprocos dizem que nos amávamos por igual.

Não queria a magoada senhora perdoar; porém, como lhe faltasse fôlego de despejo para sustentar a cena, envergonhou--se de si mesma e teve dó do marido, a quem ela, e pai, e irmã deviam a decência, estado, representação e sociabilidade com as primeiras famílias de Lisboa.

Instantes foram estes de consciência reabilitada, que puderam muito com ela no decurso da vida, e prometem ser-lhe amparo até ao fim.

É-me pequeno o peito para o prazer que sinto, relatando este caso, que é único dos meus apontamentos, em igualdade de circunstâncias. Ainda há gente boa e de muitíssima virtude; isto é que é verdade.

O fautor deste sucesso, com que a gente se consola, foi, sem debate, Calisto Elói, aquele anjo!

Com que delícias de alma contemplava ele a restaurada ventura daqueles casados, e o júbilo do desembargador! E os agradecimentos do ancião, que bem lhe faziam ao peito honrado! E os afetos de Catarina, que de todo ignorava ter sido ele o agente do seu sossego; porém, muito lhe queria pelo tom grosseiro, mas paternal com que lhe admoestara a culpa!

Afora o desembargador, uma pessoa única sabia que o morgado tinha sido o conciliador engenhoso da paz da família: era Adelaide.

Esta menina vivera receosa de que o seu Vasco, rapaz timbroso, a não quisesse esposar, fazendo-a cúmplice dos desvios da irmã. Agora, já mais esperançada na realização do casamento, via com olhos agradecidos o bom provinciano, e atendia-o com os desvelos de extremosa amiga. A isto a incitava o pai, que frequentes vezes lhe dizia:

— Se este honrado fidalgo fosse solteiro, e pudesses amá--lo, filha, que prazer o nosso, se…

— Oh! papá... — atalhava quase sempre a menina — pois eu havia de casar com ele?...

— Por que não? Honra, riqueza, ciência e nobreza... que mais querias tu, filha — perguntava o pai.

Adelaide sorria-se, e murmurava de si consigo...

— Ainda bem que ele é casado, senão eu tinha que ver com a jarreta da criatura!...

No entanto, a reconhecida senhora, no auge da sua gratidão, jogava a sueca emparceirada com Calisto de Barbuda, e ensinou-lhe a jogar as damas, prenda em que o morgado revelou uma inabilidade que excede todo o encarecimento.

XIV

Tentação! Amor! Poesia!

Eis que, a súbitas, do coração de Calisto ressalta a primeira faísca de amor!

Conheço que este desastre não se devia contar sem grandes prólogos. Sei que o leitor ficou passado com esta notícia. Grita que a inverossimilhança é flagrante. Não pode de boamente consentir que se lhe desfigure a sisuda fisionomia moral do marido de D. Teodora Figueiroa. Quer que se limpe da fronte deste homem o estigma de um pensamento adúltero. Honrados desejos!

Mas eu não posso! Queria e não posso! Tenho aqui à minha beira o demônio da verdade, inseparável do historiador sincero, o demônio da verdade que não consentiu ao Sr. Alexandre Herculano dizer que Afonso Henriques viu coisas extraordinárias no céu do campo de Ourique, e a mim me não deixa dizer que Calisto Elói não adulterou em pensamento! Estes são os ossos malditos do ofício; esta é a condenação dos infelizes artífices que edificam para a posteridade, e exploram nas cavernas do coração humano os cimentos da sua obra.

Ai! Se Calisto Elói foi de repente assalteado do dragão do amor, como hei de eu inventar prelúdios e antecedências que a natureza não usou com ele?! Se o homem, espantado, a si mesmo se interrogava, e dizia: “Isto que é?!”, como hei de eu dizer ao leitor o que foi aquilo?!

O que ele sabia e eu sei é que, estando Calisto de Barbuda a jogar a sueca de parceiro com Adelaide, à razão de cruzado novo a partida, a menina passou a sua bolsinha de filigrana para a mão do parceiro, e disse-lhe:

— Administre-me o meu tesouro, Sr. Morgado. Tenho aí o meu dote.

— Pois sejam todos muito boas testemunhas da quantia que recebo da Ex.ma Sr.a D. Adelaide, minha senhora — disse Calisto, esvaziando a bolsinha.

Com as moedas de prata e ouro, que a bolsa continha, saiu um pequeno coração de ouro esmaltado com iniciais.

— Ah! — acudiu Adelaide pressurosa — isto não!... — E retirou sofregamente o coraçãozinho.

Algum dos circunstantes disse:

— Então o Sr. Morgado não serve para administrar corações?!

— Serve para os dominar com a sua bondade, e enchê-los de afetuosa estima — respondeu com adorável graça a menina.

Foi neste instante que o morgado da Agra de Freimas sentiu no lado esquerdo do peito, entre a quarta e a quinta costela, um calor de ventosa, acompanhado de vibrações elétricas, e vaporações cálidas, que lhe passaram à espinha dorsal, e daqui ao cérebro, e pouco depois a toda a cabeça, purpureando-lhe as maçãs de ambas as faces com o rubor mais virginal.

Disto não deu tento Adelaide nem a outra gente.

Duas enfermidades há aí cujos sintomas não descobrem as pessoas inexpertas: uma é o amor, a outra é a tênia. Os sintomas do amor, em muitos indivíduos enfermos, confundem-se com os sintomas do idiotismo. É mister muito acume de vista e longa prática para discriminá-los. Passa o mesmo com a tênia, lombriga por excelência. O aspecto mórbido das vítimas daquele parasita, que é para os intestinos baixos o que o amor é para os intestinos altos, confunde-se com os sintomas de graves achaques, desde o hidrotórax até à espinhela caída.

E aqui está que Calisto Elói — ia-me esquecendo dizê-lo — também sentiu a queda da espinhela, sensação esquisita de vácuo e despego, que a gente experimenta, uma polegada e três linhas acima do estômago, quando o amor ou o susto nos leva de assalto repentinamente.

Sem embargo da concomitância de tantas enfermidades, Calisto de Barbuda embaralhou as cartas, passou-as à esquerda, e jogou a primeira partida com tamanha incúria e desacerto, que Adelaide, no ato do pagamento da aposta, observou ao parceiro que era preciso administrar com mais zelo o dote da sua amiga.

E ajuntou:

— V. Ex.ª esteve a compor algum belo discurso para a Câmara...

O morgado cacarejou um sorriso, e mais nada.

Prosseguiu o jogo. Calisto deu provas de supina bestidade em quatro partidas de sueca. Adelaide, dissimulando a má sombra do fastio com que estava jogando, aturou até ao fim a partida, com grande desfalque do seu pecúlio.

Tinha-se feito uma atmosfera nova em redor dos pulmões de Calisto. A loquacidade, embrechada de sentenças e latinismos, com que ele costumava aligeirar as palestras dos eruditos amigos do desembargador desamparou-o naquela noite. Isto causou estranheza e cuidados ao amorável Sarmento, que prezava Calisto como a filho.

A partida acabou taciturna e triste.

Fechado em seu gabinete de estudo, o morgado da Agra sentou-se à banca, apanhou entre dois dedos o beiço superior, e esteve assim meditabundo largo espaço. Depois, ergueu-se para dar largas ao coração que pulava, e andou passeando com desusada agilidade e aprumo de corpo. Parou diante da livraria, tirou de entre os poetas clássicos o dileto Antônio Ferreira, sentou-se, abriu à sorte, e leu, declamando os dois quartetos do soneto V:

> Dos mais formosos olhos, mais formoso
> Rosto, que entre nós há, do mais divino
> Lume, mais branca neve, ouro mais fino,
> Mais doce fala, riso mais gracioso:
>
> Dum Angélico ar, de um amoroso
> Meneo, de um espírito peregrino
> Se acendeu em mim o fogo, de que indino
> Me sinto, e tanto mais assim ditoso.

Repetiu, fez pausa, suspirou, e declamou ainda o primeiro verso do terceto:

Não cabe em mim tal bem-aventurança!

Nisto, a imagem de sua prima e esposa D. Teodora Figueiroa, trazida ali por decreto do alto, antepôs-se-lhe aos olhos enleados na imagem de Adelaide. Calisto estremeceu de puro pejo de sua fraqueza, e lançou mão da última carta que recebera de sua saudosa mulher. Rezava assim, escrita por mão de uma filha do boticário de Caçarelhos, com ortografia mais imaginosa que a minha:

"Meu amado Calisto. Cá soube pelo mestre-escola que tens botado algumas falas nas Cortes, e que tens muita sabedoria. O Sr. Abade já cá veio ler-me um pedaço do teu dito, e oxalá que seja para bem da religião. Olha se botas abaixo as décimas, que é o mais necessário. Aqui veio um padre de Miranda para tu o despachares para abade; e o regedor também quer que tu lhe arranjes um hábito de Cristo para ele, e uma pensão para a tia Josefa, que é viúva de um sargento de milícias de Mirandela. Assim que arranjares isso, manda para cá.

Saberás que mandei trocar os dois barrosãos à feira dos 11, e comprei vacas de cria. Os cevados não saíram de boa casta, e acho que será bom trocá-los na feira dos 19. A porca ruça teve dez leitões ontem de madrugada. E, com isto, olha se isso lá acaba depressa, que eu ando por cá triste e acabrunhada de saudades. Na semana que passou andei mal dos rins, e muito despegada do peito. Hoje vou ver medir seis carros de centeio, que vão para a feira, por isso não te enfado mais. Desta tua mulher muito amiga, *Teodora*."

Por mais que recolhesse o espírito vagabundo, Calisto não dava tento destes dizeres de Teodora, encantadores de simplicidade e boa governança de casa. Arrumou a carta, reabriu o seu Antônio Ferreira, e leu no soneto XXXIII:

Eu vi em vossos olhos novo lume
Que apartando dos meus a névoa escura,
Viram outra escondida formosura,
Fora da sorte e do geral costume...

Ó bell'alma innamorata!

Deitou-se por desoras, e dormitou sobressaltado. Antemanhã espertou com as alvoradas de uns pintassilgos e calhandras, que lhe cantavam amorosamente na alma. Eram as alegrias do primeiro amor, aqueles momentos de céu, visita dos anjos, que todo o coração hospedou na infância, na virilidade, ou já na decadência da vida. Saiu alegre do leito, e leu algumas líricas de Camões e Filinto Elísio.

Nunca em sua vida poetara Calisto Elói de Silos. O amor não lhe havia dado o beliscão suavíssimo que, por vezes, abre torrentes de metro da veia ignorada. Eis que o corisco da inspiração lhe vulcaniza o peito. Levanta maquinalmente a mão à fronte, como a palpar a excrescência febril que todo o poeta apalpa no conflito sublimado do estro. Senta-se, pega da pena, e o coração destila por ela este fragmento de madrigal, que, a meu ver, foi o último que o sincero amor sugeriu em peito português:

Senhora de grão primor,
Meu amor,
Formosíssima deidade,
Arde meu peito em saudade,
Quem fui ontem, não sou hoje;
Minha alegria me foge,
Se vos olho.
Já cativo em vós me acolho,
Havei de mim piedade;
Sede minha divindade;
Não leveis a mal que eu chore
Contanto que vos adore,
Gentil e nobre menina,
Como Camões a Catarina
E como Ovídio a Corina.

Posto isto, o morgado da Agra pôs os olhos com desdém no tabuleiro do almoço, e, com muita repugnância, consentiu ao apetite que se desjejuasse com uma linguiça assada, almoço que ele alternava com um salpicão frito.

Depois, quando se estava vestindo, olhou para a casaca de briche e para as pantalonas apolainadas, e teve engulho desta fatiota. Vestiu-se, saiu apressado, e entrou no estabelecimento do Sr. Nunes na rua dos Algibebes. Aqui o vestiram o mais desgraciosamente que puderam, com um farto paletó de pano cor de rato, e umas calças xadrez cinzento, e colete azul, de rebuço, com botões de coralinas falsas. No Chiado abjurou um chapéu de molas de merino, e comprou outro de castor, à inglesa. Cumpria-lhe vestir as primeiras luvas de sua vida. No vesti-las arrostou com dificuldades, que venceu, rompendo a primeira luva de meio a meio. Disse-lhe a luveira que não introduzisse os cinco dedos ao mesmo tempo, e ajudou-o na árdua empresa.

Dois mancebos galhofeiros, que estavam na loja, riram indelicadamente da inexperiência do sujeito desconhecido. Um deles, confiado na inépcia tolerante do provinciano ou suposto brasileiro, disse, a meia-voz, ao outro:

— Quatro pés nunca vestiram luvas.

Calisto encarou neles com sorriso minacíssimo, e disse à luveira:

— As luvas são boa coisa para a gente não dar bofetadas com as mãos.

Os joviais sujeitos olharam-se com ar consultivo, sobre o despique digno da afronta, e tacitamente concordaram em se irem embora.

Ao meio-dia, entrou o morgado na Câmara, e fez sensação. As calças de xadrez eram uma das grandes desgraças, que a Providência, por intermédio do Sr. Nunes aljubeta, mandara a este mundo. Como se a substância não fosse já um crime de leso-gosto e lesa-seriedade, ainda por cima as pernas caíam sobre as botas em feitio de boca de sino, fadistamente.

A Câmara afogou o riso, salvo o Dr. Libório do Porto, que tirou de dentro esta facécia puxada à fieira do costumado estilo:

— Guapamente entrajado vem mestre Calisto! Faz-se mister saber que rolos de pragmáticas lhe impendem entre as botinas e as pantalonas. Certo, que o urso se pule e lustra. Bom seria que o cérebro se lhe vestisse de roupagens novas e hodiernos afeites!...

Foram festejados estes apodos pelos tolos mais convizinhos do Dr. Libório.

Calisto houve notícia da zombaria do doutor; a intriga política não perdeu lanço de acirrar o morgado contra Libório, que era governamental.

Nesta sessão fora dada ao deputado portuense a palavra, na discussão de uma proposta de lei sobre cadeias. O morgado, assim que lho disseram, aguardou oportunidade de desforrar-se da chacota.

Ai da Pátria, quando os talentos parlamentares se escanzinam e escamam nestas pugnas inglórias!

XV

Ecce iterum Crispinus...

Corrido um quarto de hora, fez-se na Câmara o silêncio da subterrânea Pompeia. É que o Dr. Libório ia falar.

— Sr. Presidente e senhores deputados da Nação portuguesa! — disse ele. — *Vem-nos agora sob a mão assunto, até aqui pretermitido*. Pelo que toca e frisa com cadeias pátrias, direi os cinco estigmas que um estilista de fôlego esculpiu nos frontais desses antros:

INJUSTIÇA!
IMORALIDADE!
IMUNDÍCIE!
INSULTO!
INFERNO!

Inferno, Sr. Presidente, inferno dantesco, inferno teológico em que há o ranger de dentes, *stridor dentium*!

Que é da civilização desta misérrima e tão coitada terra? Quem nos lampeja verdade nesta escureza em que nos estorcemos? Ai! *A verdade ainda não matiza de rosicler a alvorada do novo dia*. As ideias entre nós estão como *flores palpitantes no gomo nascente*. Eu me esquivo, Sr. Presidente, *o lavor de historiar as sucessivas fases que têm percorrido os métodos de aprisoamento*. Urge primeiro pregoar a brados que se faz mister funda cauterização na lei. O Direito não se estudou ainda em Portugal. Pois que é o Direito? *No seu todo sintético e como corpo doutrinal, o Direito é a ciência da condicionalidade ao fim do homem*. Consoante vige e viça o nosso direito de punir, Sr. Presidente, *o juiz é o delegado de Deus, o carrasco o substituto do anjo S. Miguel.*

Calisto Elói pediu a palavra. O orador prosseguiu:

— Sr. Presidente, neste país não se atende às bossas. Os legisladores não estudam o crime com o compasso sobre um crânio esbrugado. *Se fordes a Windsor Castle e vos meterdes de gorra com os guardas que mostram o castelo, ouvireis que um dos filhos da rainha tem uma irresistível tendência para a rapina: é uma pega humana.* Uma pega humana, rapacíssima, a mais não! Sr. Presidente, *do nosso rei D. Miguel se conta que, já mancebo saído da puerícia, se entretinha a maltratar animais, chegando um dia a ser encontrado arrancando as tripas a uma galinha viva com um saca-rolhas.*

Vozes: — À ordem! à ordem!

O orador: — Pois em que me transviei da ordem?

Uma voz: — Não se diz no seio da representação nacional: *o nosso rei D. Miguel.*

O orador: — Eu referi o caso com as expressões em que o acho narrado num livro mirífico e sobre-excelente do Sr. Dr. Aires de Gouveia.

Uma voz: — Pois não faça obra por inépcias do Dr. Aires de Gouveia.

O orador: — Retiro a dessoante frase, que impensada destilei do lábio, e ao ponto me reverto. Sem a ciência de Porta e de Blumenbach toda a penalidade sairá vesga, bestial, e infernalíssima. É natural, Sr. Presidente, que o sentimento se corrompa, assim como o *cálculo se empedra, e arraiga o cancro nas entranhas, e o coração se ossifica, e o hidrocéfalo se gera, ainda nos mais solícitos em higiene.*

Posto isto, Sr. Presidente, cumpre dividir os sexos, pelo que diz respeito ao calibre do castigo. Eu citarei, com quanta ênfase me cabe na alma, algumas linhas do jovem esplêndido de verbo, que auspicia e promete o primeiro criminalista desta terra. Falo de Aires de Gouveia, e nele me estribo. O doutor viajeiro diz: "O indivíduo, para quem a lei legisla, e a quem tem em vista, é o homem (*vir*), não a mulher (*mulier*), desde os 21 anos, ou época do predomínio racional, até aos 60, ou princípio do período debilitante, no estado genérico, ou que constitui a generalidade de ser homem, não descendo sequer às gradações principais, que tornam o *homo* homem, o género espécie."

É certo, Sr. Presidente, que a *femina toca o requinte da depravação, e chega a efeituar horrores cuja narração é de si para gelar ardências de sangue, para infundir pavor em peitos equânimes*; porém, o móbil dos crimes seus delas é outro: *as faculdades da mulher agitam-se perturbadas; é um período de evolução*, e não há aí *arcar com evidência*.

Que farte me hei despendido em razões que superabundam no caso em que me empenho, de parçaria com Victor Hugo, e com quejandas lumieiras que esplendem na vanguarda desta caravana da humanidade, que se vai demandando a Meca da perfectibilidade. Faça-se a lei, restaure-se a justiça, e depois crie-se a penitenciária, regimente-se o criminoso *aprisoado*! Aos que já meteram relha e adubo no torrão do novo plantio, daqui me desentranho em *louvores e muitos e francos e perenes*.

Sr. Presidente! Pelo que é de cadeias, estamos no mesmo *pé de ideias da inquisição!* Que esterquilínios! Que protérvia! Eu quero, com o Dr. Aires, que *todo o preso seja de todo barbeado semanalmente, lave rosto e mãos duas vezes por dia, e tenha o cabelo da cabeça cortado à escovinha*. Eu quero, com o doutor supracitado, que ele não fume, nem beba bebida fermentada. *Água em abundância*, e mais nada potável. Não quero que os presos se conversem, porque, no dizer do insigne patrício meu, e abalizado humanista, *das cadeias saem delineamentos de assaltos, e assassinatos de homens que sabem ricos*.

Lastimado isto, Sr. Presidente, um preso descomedido entre os demais é qual febricitante despedido do leito que, como seta voada do arco, exaspera em barulho os males de toda a enfermaria.

Eu quero que o preso funcione intelectivamente, e de lavores corporais se não desquite. O homem sem instrução *obra instintivamente, obra egoistamente, obra ceticamente*, se lhe escasseia religião. Ao preso lide-lhe a mão na tarefa, sim; mas *lide-lhe também a cabeça na ideia. Inclinando razoamento* para isto, em todas as cadeias europeias lustram ciências, pulem saber, e se amenizam instintos. Veja-se o que diz o nunca de sobra invocado Aires, honra e joia da cidade de Sá de Meneses, de Andrade Caminha, de Garrett, cidade onde me eu rejubilo de haver vagido nas faixas infantis.

É mister que se entranhe o sacerdote no cancro das masmorras; mas o sacerdote *atilado de engenho e todo impecável de costumes*; e não padres cuja *unção sacrossanta se lhes convertesse no corpo em lascivos amavios*. Quem sabe aí *joeirar o ótimo para capelães de prisões?*

Depois quer-se *um diretor, olho e norma. E tão boas partes se lhes requerem, que, ainda cismando talhá-lo um composto de virtudes, o não viríamos delinear senão escorço.*

Deu a hora, Sr. Presidente. A matéria é tal e tão rica, e para tamanho cavar nela, que se me confrange a alma de lhe não dar largas. Aqui me fico, e do imo peito espido brado de louvor, que louvaminha não é, ao ilustre membro desta Câmara que mandou para a mesa a proposta da reformação das cadeias. Bênçãos lhe chovam, que assim, com válida mão, emborca a frouxo urnas de bálsamos sobre a esqualidez da mais ascosa úlcera da humanidade. (*Prolongados aplausos. O orador foi cumprimentado por pessoas graves, que tinham estado a rir-se.*)

Calisto Elói contemplou-o com a fixidez de médico, que estuda os sintomas da loucura nos olhos do enfermo. Depois, voltando-se contra o abade de Estevães, disse:

— Eu queria ver como este Dr. Libório tem a cabeça por dentro.

E, ritmando o compasso com os dedos na tampa da caixa, declamou:

Quantos folgam falar a prisca língua
Qual Egas, qual falou Fuas Roupinho,
Qual esse conde antigo, que levara
A vila de Condeixa por compadre!
Mas como a falam? Põem sua mestria
Em palavras sediças, termos velhos
Termos de saibo e mofo, que arrepiam

Os cabelos da gente...
Que dizes disto?
Como chamas a estes?...
Que eu não acerto a dar-lhe um nome próprio
Que bem quadre a tão râncidos guedelhas?
Quando estas coisas desvairadas vejo
Dão-me engulhos de riso, ou já bocejos,
Como arrepiques certos de grã fome!

XVI

Quantum mutatus!...

À noite, no salão do desembargador Sarmento, soube-se que o morgado da Agra havia de orar no dia seguinte. Entre as pessoas alvoraçadas com a notícia, a mais empenhada em ouvi-la era D. Adelaide. Ao encontro de Calisto Elói saiu ela pedindo-lhe, com requebrada doçura, três entradas na galeria das senhoras, para ela, irmã e pai.

— Já sou considerado senhora, amigo Barbuda! — ajuntou o velho. — São as tristes honras da ancianidade!... E lá vou, lá vamos ouvi-lo. Há seis meses que não saí de casa, nem sairia para ouvir o próprio Berryer ou Montalembert.

— Beijo-lhe as mãos pela cortesia, meu benigno amigo — disse Calisto; — porém olhe que há de chorar o tempo malbaratado. Eu não vou discorrer, nem cogitei ainda no que direi. Pedi a palavra, quando uma brava sandice me esfusiou nos tímpanos, e estorcegou os nervos. Soou-me lá que o carrasco estava substituindo o anjo S. Miguel... Ó meu caro desembargador, eu entro a desconfiar que a besta do Apocalipse já tem três pés bem ferrados no Parlamento! Quando lá meter o quarto pé, a gente escorreita é posta fora da sala a coices. Peço a V. Ex.^{as} perdão do plebeísmo dos termos — disse Calisto voltando-se para as damas, que estavam examinando com espanto as transfiguradas vestes do morgado. — A boa polícia — continuou ele — perde-se com a paciência. Hei grão medo de volver-me às minhas serras mais rudo do que vim.

— Está-se desmentindo V. Ex.ª — acudiu D. Catarina graciosamente — com os trajes cidadãos que apresenta hoje!

Cuidávamos que havia jurado nunca reformar a sua *toilette* de 1820!

Calisto sorriu contrafeito, e sentiu-se algum tanto molestado no seu pundonor e seriedade. Como a causa da mudança do vestido era pouco menos de irrisória, o homem foi logo castigado pela própria consciência. A si lhe quis parecer que era já, ante si próprio, outro sujeito, e que os estranhos lhe liam no rosto o desaire inquietador. Então lhe foi desabafo o coração. Socorreu-se dele para contradizer as reprimendas do juízo; e o coração, coadjuvado pelas maneiras e ditos afetuosos de Adelaide, despontara as ferroadas do juízo.

Os visitantes habituais do desembargador e as senhoras da casa notaram certa mudança nos modos e linguagem de Calisto. Dir-se-ia que o paletó e as pantalonas lhe tolhiam a liberdade dos movimentos, e aquela tão rude quanto simpática espontaneidade da expressão.

Autorizados filósofos e cristãos disseram que o vestido atua imperiosamente sobre o moral do indivíduo. Nas páginas imorredouras de fr. Luís de Sousa está confirmado isto. "É nossa natureza muito amiga de si (diz o historiador do santo arcebispo) e experiência nos ensina que não há nenhuma tão mortificada, que deixe de mostrar algum alvoroço para uma peça de vestido novo. Alegra e estima-se ou seja pela novidade ou pela honra, e gasalhado que recebe o corpo. Até os pensamentos e as esperanças renovam um vestido novo."

É igual o sentir do padre Manuel Bernardes. Diz assim: "Adverte que as várias disposições e acidentes que tocam ao nosso corpo, pegam o seu modo também ao espírito... Diversa feição e atualidade tem o espírito de quem vai montado em um formoso cavalo, e o do que vai em um desprezível jumento. Se o teu vestido for pobre e roto, repara que o espírito recebe daqui alguma disposição diferente da que tem quando o vestido é novo e asseado: e assim nas mais coisas." (*Luz e Calor. Silva de vários ditames espirituais*.)

O adorável dominicano, pelo que diz da alegria que influi no ânimo um vestido em folha, enganou-se a respeito de Calisto Elói. O homem dava ar de quebranto e melancolia, salvo se o júbilo se lhe introvertera ao coração. Creio que era isto.

Era o amor abscôndito a magoá-lo docemente. E a não ser o amor, o que poderia ser senão as calças de xadrez? De feito, o amor, quando é sério, põe às canhas o mais despontado espírito, e o mais mazorral também. O amoroso de grande loquela volve-se canhestro em presença da sua amada; o sandeu tem inspirações e raptos, que seriam influxo do céu, se não soubéssemos que o demônio tentador costuma incubar-se e parvoejar eloquentemente no corpo destes palermas.

Calisto Elói pagou o tributo dos espíritos esclarecidos. Umas eloquentes simplezas, com que ele costumava alegrar o auditório; as máximas joviais de Supico e outras com que ele intermeava a conversação; as gargalhadas provincianas, as liberdades desmaliciosas, o ar de família com que ele se fazia benquerer e desculpar de alguma demasia menos urbana do que faculta a convenção das salas; tudo isto, que lhe ia tão bem ao morgado, se demudou em recolhimento cogitativo, sombra triste e acanhada parvulez.

Nesta noite, concorreu à partida do desembargador aquele Vasco da Cunha, galanteador de Adelaide, mancebo bem composto de sua pessoa, sisudo, e muito católico. Este fidalgo, representante dos melhores Cunhas, mencionados na *História genealógica da Casa Real*, além do brilho herdado, estava-se gozando de lustre propriamente seu, figurando sempre nos anúncios pios em que os fiéis eram convidados a assistir a tal festividade religiosa, ou convocando assembleias de irmandades, para o fim de consultas atinentes à maior pompa do culto divino. Dito isto, dispensa o leitor que se enumerem outras virtudes a fato só por si tão significativo. Essas hão de vir aparecendo naturalmente.

Alguém disse a Calisto Elói que o circunspecto Vasco da Cunha não era estranho ao coração de Adelaide. Esta nova sobressaltou o peito do morgado, sem, contudo, lhe enevoar os olhos do discreto juízo, a ponto de se dar em espectáculo de risível ciúme. Reparou no porte de ambos; e tão graves e cerimoniosos os viu durante a partida, que não achou razão para os crer enamorados, bem que, nesta noite, Adelaide jogasse o voltarete com Vasco da Cunha, e seu cunhado Duarte Malafaia.

Às 11 horas, Calisto Elói retirou-se taciturno e contristado.

A só com a sua consciência, e debaixo do olhar severo dos seus livros, o marido de D. Teodora Figueiroa refletiu conturbado na transformação do seu modo de viver e sentir. Gritou-lhe a razão que fizesse pé atrás no caminho que o levava à ladeira de algum abismo, ou às fauces veracíssimas do amor que tão ilustres vítimas tinha engolido. A memória, aliada da razão, abriu-lhe os fastos desgraçados do coração humano, desde o perdimento de Troia até à extinção do império godo nas Espanhas. Viu desfilarem, uma por uma, todas as mulheres fatais, desde Dalila até Florinda, a forçada do conde Julião; e, no coice de todas, a fantasia febril da insônia afigurou-lhe Adelaide.

Aos 44 anos a razão pode muito, se o coração já está enervado e enfraquecido de lutas e quedas; todavia, a razão dos 44 anos é ainda frouxa e transigente, se o coração começa a amar tão a desoras. Não se calculam as misérias e parvoíces desta serôdia mocidade!

Não obstante, Calisto, pouco antes de adormecer por volta das quatro da manhã, protestara esquecer Adelaide, perguntando a si próprio se seria crime grande amá-la como os paladinos dos tempos heroicos amaram incognitamente grandes damas, sem mais logro de seus amores que adorarem--nas. Com isto queria ele responder à imagem plangente de Teodora, que o estava arguindo.

Pobre senhora! Àquela hora já ela andaria a pé, a mourejar pela cozinha, a fim de mandar almoçados para a lavoura os servos, e cuidar dos leitões.

Ai! maridos, maridos! Quando a Providência vos enviar mulheres deste raro cunho, encostai a face ao regaço delas, e não queirais saber como é que o inimigo de Deus enfeita as suas cúmplices na perdição da humanidade!

XVII

In Liborium

Estavam cheias as galerias da Câmara.

Entre as mais formosas, extremava-se a filha do desembargador Sarmento. A pedido de Calisto Elói, fora o abade de Estevães levar as entradas ao magistrado, e oferecer-se a conduzir as senhoras à galeria.

O vistoso coreto das damas exornavam-no, talvez mais que a formosura, algumas senhoras doutas enfrascadas em política, amoráveis Cormenins, que aquilatavam o mérito dos oradores com incontrastável retidão de juízo e apurado gosto. Lisboa tem dezenas destas senhoras Cormenins.

Não direi que o renome de Calisto atraísse as damas ilustradas; era grande parte neste concurso femeal a esperança de rir. A nomeada do provinciano, bem que favorecida quanto a dotes intelectuais, cobrara fama de coisa extravagante e imprópria desta geração.

Entrou Calisto na sala um pouco mais tarde que o costume, porque fora vestir-se de calça mais cordata em cor e feitio. Não me acoimem de arquivista de insignificâncias. Este pormenor das calças prende mui intimamente com o cataclismo que passa no coração de Barbuda. Aquela alma vai-se transformando à proporção da roupa. Assim como o leitor, à medida que o amor lhe fosse avassalando o peito, escreveria páginas íntimas, ou ainda pior, cartas corruptoras à mulher querida, Calisto, em vez disso, muda de calças.

As damas, que o esperavam vestido conforme a fama lho pintara, desgostaram-se de vê-lo trajado no vulgar desgracioso do comum dos representantes do País.

Apenas Calisto Elói se assentou, entrou-se na ordem do dia, e logo o presidente lhe deu a palavra.

Cessou o rebuliço e falario daquela feira veneranda, assim que o deputado por Miranda começou deste teor:

— Sr. Presidente! Muito há que se foi deste mundo o único sujeito, de que eu me lembro, capaz de entender o Sr. Dr. Libório, e capaz de falar português digno de S. Ex.ª. Era o chorado defunto um personagem que foi uma vez consultar o Dr. Manuel Mendes Enxúndia, acerca daquela famigerada casa que ele tinha na ilha do Pico, com um passadiço para o Báltico. V. Ex.ª e a Câmara podem refrescar a memória, lendo aquele pedaço de estilo, que pressagiou estas farfalharias de hoje.

Sr. Presidente, a mim faz-me tristeza contemplar a ribaldaria com que os belfurinheiros de missangas e lentejoulas adornam a língua de Camões, despojando-a dos seus adereços diamantinos. A pobrezinha, trajada por mãos de gente ignara, anda por aqui a negacear-nos o riso como moura de auto, ou anjo de procissão de aldeia. Se acerta de lhe pegarem os farrapinhos broslados de folha de flandres em algum silvedo, a mesquinha fica nua, e nós a corarmos de vergonha por amor dela.

É forçoso, Sr. Presidente, que a linguagem castiça vá com a Pátria a pique?

À hora final da terra de D. Manuel, não haverá quem lavre um protesto em português de João Pinto Ribeiro, contra os Iscariotas, Juliões, Vasconcelos e Mouras, que nos vendem?

Vozes: — À ordem!

O orador: — É contra o *Regimento* desta casa repetir o que está dito na história, Sr. Presidente?

O presidente: — Sem ofensa de particulares.

O orador: — Autoriza-me, portanto, V. Ex.ª a crer que nesta casa está Iscariotas, e o bispo Julião, e Miguel de Vasconcelos, e...

Vozes: — À ordem!

O orador: — Pois então eu calo-me, se ofendo estes personagens a quem me não apresentaram, ainda bem! As minhas intenções são inofensivas; no entanto, desconsola-me a camaradagem. Se eu soubesse que estava aqui semelhante gente, não vinha cá, palavra de homem de bem!

O Dr. Libório: — Mais prestimoso fora ao cosmos, se o Sr. Calisto estanceasse no agro do seu covil a lidar com a fereza dos javalis.

O orador: — Não percebi o dito bordalengo; faça favor de explicar-se.

O Dr. Libório: — Já disse que não desço.

O orador: — Se não desce, cairá de mais alto. Refiro a V. Ex.ª a fábula da águia e do cágado, na linguagem lídima e chã de D. Francisco Manuel de Melo. É o *Relógio da Aldeia*, que fala no diálogo dos *Relógios Falantes*: "...Lembra-me agora o que vi suceder a um cágado com uma águia, lá em certa lagoa da minha aldeia: veio a águia e de repente o levantou nas unhas, não com pequena inveja das rãs, e de outros cágados, que o viam ir subindo, vendo-se eles ficar tão inferiores ao seu parceiro. Julgavam por grã fortuna que um animal tão para pouco fosse assim sublimado à vista de seus iguais. Quando nisto, eis que vemos que, retirada a águia com sua presa a uma serra, não fazia mais que levantar o triste animal, e deixá-lo cair nas pedras vivas até que quebrando-lhe as conchas com que se defendia..." Não me lembra bem se D. Francisco Manuel diz que a águia lhe comeu o miolo.

Se o sibilino colega figura na moralidade deste conto, oferece-se-me cuidar que não é a águia.

(*Pausa do orador: riso das galerias.*)

Sabido, pois, Sr. Presidente, que as citações históricas fazem repugnâncias ao *Regimento* e à ordem, abjuro e exorcizo os demônios íncubos e súcubos da história, pelo que rogo a V. Ex.ª muito rogado que me descoime de desordeiro.

Direi de Quintiliano, se este nome não desconcerta a ordem.

Trata-se de oradores, e de estilos viciosos. Diz este mestre dos retóricos que "há um natural prazer em escutar qualquer que fala, ainda que seja um pedante, e daqui aqueles círculos que a cada hora vemos nas praças à roda dos charlatães". Nesta nossa idade, Quintiliano redivivo diria: "nas praças e nos parlamentos".

Vozes: — À ordem!

O orador: — Pois também Quintiliano?!

Bem me quer parecer que raríssimas vezes o admitem aqui a ele!...

O presidente: — Lembro ao nobre deputado que a Câmara não é obra de retórica.

O orador: — Assim devo presumi-lo, vendo que todos a professam com dignidade, excetuado eu, que me não desdouro em confessar que sou o discípulo único e mau de tantos mestres. Eu direi a V. Ex.ª qual eloquência considero necessária nesta casa da Nação: é a eloquência que a Nação entenda. A arte de bem falar, *ars bene dicendi*, é o estudo da clareza no exprimir a ideia. Os afetos, as galas da linguagem, que lhe tolhem o mostrar-se e dar-se a conhecer dos rudes, não é arte, é tramoia, não é luz, é escuridão. Os meus constituintes mandaram-me aqui falar das necessidades deles em termos tais que por eles V. Ex.ª e a Câmara lhas conheçam, ponderem e remedeiem.

Sou da velha clientela de Quintiliano, Sr. Presidente. Com ele entendo que por demais se enganam aqueles que alcunham de popular o estilo vicioso e corrupto, qual é o saltitante, o agudo, o inchado, e o pueril, que o mestre denomina *proedulce dicendi genus*, todo afetação menineira de florinhas, broslados de pechisbeque, recamos de fitas como em bandeirolas de arraial.

Eis-me já de força inclinado à substância do discurso do Sr. Dr. Libório. Primeiro me cumpre declarar que não sei pelo claro a quem me dirijo. Há dias me regalei de ler o sucoso livro de um doutor grande letrado que escreveu da *Reforma das Cadeias*. Achei-o lusitaníssimo na palavra; mas hebraico na locução. Tem ele de bom e singular que tanto se percebe lendo-o da esquerda para a direita como da direita para a esquerda. Soou-me que o Sr. Dr. Libório, amador do que é bom, se identificara com o livro, e aformosentara o seu discurso com muitas louçainhas daquele tesouro.

Não sei, pois, se me debato com o Sr. Dr. Aires, se com o Sr. Dr. Libório. *Se me debato*, desavisadamente disse! O discurso não dá pega a debates que não sejam filológicos.

Estes não vêm aqui de molde. Retórica, gramática e lógica, se alguém quiser tratá-las neste prédio, entretenha-se lá embaixo no pátio com o porteiro, ou com as viúvas e órfãos, que pedem pão com a lógica da desgraça, e com a retórica das lágrimas; gramática não sei eu se a fome a respeita: parece-me que não, porque na representação nacional há famintos que a não exercitam primorosamente. (*Murmúrio e agitação na direita. Aplausos na galeria. Um "bravo" estrídulo do desembargador Sarmento. Um cauteleiro dá palmas na galeria popular. A tolice é contagiosa. O presidente sacode a campainha. Restabelece-se o silêncio. Calisto Elói tabaqueia da caixa do radioso abade de Estevães.*)

O presidente: — Relembro, já com mágoa, ao Sr. Deputado que se abstenha de divagações alheias do debate.

O orador: — De maneira, Sr. Presidente, que V. Ex.ª quer à fina força subjugar as minhas pobres ideias em *aprisoamento*, como disse gentilmente o ilustre colega!

Pois assim sou esbulhado de um sacratíssimo direito? É então certo, como disse o Sr. Dr. Libório, que não há direito em Portugal? V. Ex.ª, sem o querer, está sendo, na frase ingrata do ilustre deputado, *o substituto do anjo S. Miguel! (Riso)* Oh! V. Ex.ª não será algoz do pensamento, já de si tão entanguido que não é mister matá-lo: basta deixá-lo morrer... Calar-me-ei, se estou magoando V. Ex.ª.

Vozes: — Fale! Fale!

O orador: — O ilustre colega referiu o que já vem contado no livro do Sr. Dr. Aires de Gouveia: *que o nosso rei D. Miguel, já mancebo saído da puerícia, se entretinha a maltratar animais, chegando um dia a ser encontrado arrancando as tripas a uma galinha com um saca-rolhas*. É pasmoso, Sr. Presidente, que os dois doutores, protestando pela legitimidade do seu rei, um no livro, outro no discurso, refiram a sanguinária história do saca-rolhas nos intestinos da deplorável galinha! Eu suei quando ouvi este canibalismo, suei de aflição, Sr. Presidente, figurando-me o desgosto da ave!

Protesto, Sr. Presidente, protesto contra a suja aleivosia cuspida na sombra de um príncipe ausente, indefeso e respeitável como todos os desgraçados. Que história vilã é esta?

Quem contou ao Sr. Dr. Aires o caso infando do saca-rolhas nas tripas da galinha?! Em que soalheiro de antigos lacaios de Queluz ou Alfeite ouviram os refundidores da justiça estas anedotas hediondas, e mais torpes no esqualor de recontá-las?

E, depois, Sr. Presidente, que me diz V. Ex.ª e a Câmara àquele filho da rainha da Grã-Bretanha, que é um rapinante: *uma pega humana!* Que musa de tamancos! *uma pega humana!* Que imagem! que alegoria tão ignóbil, e extratada do vocabulário da ralé!...

Em desconto destas repugnantes notícias, fez-nos o Sr. Doutor o bom serviço de nos dizer que homem em latim é *vir*, e mulher é *mulier*, e que, em alguns casos, *homo* também é homem. Ficamos inteirados e agradecidos. Uma lição de linguagens latinas para nos advertir que a lei não legisla para a mulher!... Teremos ainda de assistir à repetição do concílio em que havemos de averiguar se a mulher é da espécie humana? Se os Srs. Drs. Aires ou Libório, alguma vez, dirigirem os negócios judiciários e eclesiásticos em Portugal, receio que os legisladores excluam a mulher das penas codificadas, e que os bispos lusitanos as excluam da espécie humana!... E pior será se algum destes ministros, no intento de puni-las, as classificam nas aves, e nomeadamente nas galinhas! O horror dos saca-rolhas, Sr. Presidente, não me desperta o ânimo!

Por que não há de ser castigada a mulher por igual como o homem? Resposta séria à pergunta que tresanda a paradoxo: "Porque, no delito, as faculdades da mulher agitam-se perturbadas; é um período de evolução." A mulher que mata, por ciúme é que mata; a mulher que propina venenos, por ciúme é que despedaça as entranhas da vítima. Isto é crime, ao que parece; crime, porém, de *faculdades que se agitam perturbadas, e período de evolução*. Se o termo fosse parlamentar, eu diria... *farelório*!

Quem há de enristar armas de argumentação contra estes odres de vento?

O que eu melhor entendi, graças à linguagem correntia e pedestre da arenga, foi que o ilustre colega, avençado com o Sr. Dr. Aires, querem *que todo o preso seja de todo barbeado semanalmente, lave rosto e mãos duas vezes por dia, e tenha o cabelo cortado à escovinha, e beba água com abundância, e não beba bebidas fermentadas, nem fume.*

Neste projeto de lei a pequice corre parelhas com a crueldade. Que o preso lave a cara duas vezes por dia, isso bom é que ele o faça, se tiver a cara suja; mas obrigá-lo a lavatórios supérfluos, é risível puerilidade, juízo pouco asseado que precisa também de barrela.

Privar do uso do tabaco o preso que tem o hábito de fumar inveterado, é requisito de desumanidade que sobreleva à pena de prisão perpétua ou degredo por toda a vida. Tirem o cigarro ao preso; mas pendurem logo o padecente, que ele há de agradecer-lhe o benefício.

Estes reformadores de cadeias, Sr. Presidente, parece que têm de olho apertar mais as cordas que amarram o condenado à sentença, picar-lhe as veias, e dessangrá-lo gota a gota, na intenção de o regenerar e reabilitar! Ótima reabilitação! Humaníssimos legisladores!

Querem que o preso se regenere hidropaticamente. Mandam-no lavar a cara duas vezes por dia. *Água em abundância*, conclamam os dois doutores. Fazem eles o favor de dar ao preso água em abundância; mas descontam nesta magnanimidade proibindo-os de falarem aos companheiros de infortúnio, com o formidável argumento de que *saem das cadeias delineamentos de assaltos, e assassinatos de homens que sabem ricos!...*

"Delineamentos de assassinatos"! Que é isto? *Assassinato* é coisa que me não cheira a idioma de Bernardes e Barros. Seja o que for, é coisa horrível que sai das cadeias com seus delineamentos, contra homens que os *presos sabem ricos*. Aqui, Sr. Presidente, neste *sabem ricos*, quem sofre o *assassinato* é a gramática. O aticismo desta frase é grego demais para ouvidos lusitanos.

O que é um preso descomedido, Sr. Presidente? Di-lo-ei? *Vox faucibus haesit!...*

É febricitante despedido do leito, que, como seta voada do arco, exaspera em barulho os males de toda a enfermaria. Que se há de fazer a um patife que é seta voada do arco? Faz-se-lhe lavar a cara terceira vez!

Que desperdício de poesia para descrever um preso bulhento!

Seta voada do arco! Que infladas necedades assopram estes estilistas de má morte!

Inclinando razoamento (peço vênia para me também enriquecer com esta locução do Sr. Dr. Aires), inclinando razoamento a pôr fecho neste palanfrório com que delapido o precioso tempo da Câmara, sou a dizer, Sr. Presidente, que a melhor reforma das cadeias será aquela que legislar melhor cama, melhor alimento, e mais cristã caridade para o preso. Impugno os sistemas de reforma que disparam em acrescentamento de flagelação sobre o encarcerado. Visto que Jesus Cristo, ou seus discípulos, nos ensinam como obra de misericórdia visitar os presos, conversá-los humanamente, amaciar-lhes pela convivência a ferócia dos costumes, não venham cá estes civilizadores aventar a solenada aos ferrolhos, o insulamento do preso, aquele terrível *vaesoli!* que exacerba o rancor, e os instintos enfurecidos do delinquente.

Tenho dito, Sr. Presidente. Não redarguo ao mais do discurso, porque não percebi. Sou um lavrador lá de cima, e não adivinhador de enigmas. *Davus sum, non Oedipus.*

O orador foi cumprimentado por alguns provincianos velhos.

XVIII

Vai cair o anjo

A respeito do último discurso de Calisto Elói, as gazetas governamentais estamparam que a sala da representação nacional nunca tinha sido testemunha de insolências de tamanha rudeza e tão audaciosa ignorância. Os jornais da oposição liberal disseram que o representante de Miranda, à parte as demasias escolares do seu discurso, dera uma útil, bem que severíssima lição, aos meninos que jogueteiam com o País, indo ao santuário das leis bailar em acrobatismos de linguagem, que seriam irrisórios em palestra de estudantes de seleta segunda.

Em casa do desembargador é que o morgado deslumbrou o renome dos fulminadores de catilinárias e filípicas. A numerosa roda do fidalgo legitimista encarava com venerabundo assombro em Calisto Elói. As raças godas, que o não conheciam, concorreram a dar-lhe os emboras a casa de Sarmento. Sangue dos Afonsos e Joões não se dedignava de inventar em Calisto um primo. Todos queriam ter nas artérias sangue de Barbudas. E ele, o genealógico por excelência, modestamente contraditava o empenho de alguns parentes honorários, bem que, de si para si, e para alguns amigos, se ufanava de não carecer de tal parentela para igualar-se barba por barba com os mais antigos titulares em limpeza de sangue.

As expressões laudatórias que mais calaram no ânimo de Calisto Elói disse-as Adelaide. A menina, confessando sua surpresa no Parlamento, foi sincera. Não o julgava tão denodado e destemido em face de gente nova, que parecia acovardar-se diante da coragem de um provinciano algum tanto achamboado. Disse ela à mana Catarina que a fronte de Calisto parecia alumiada, e no todo das feições e ademanes se revelava certa nobreza e garbo, que o faziam parecer mais novo.

E era assim. Os 44 anos do morgado, vividos na aldeia, e no resguardo da biblioteca, viçavam ainda frescura de mocidade. A reforma do trajar fora grande parte nisto. A casaca antiga, e o restante da roupa trazida de Miranda tolhiam-lhe a elegância das posturas e movimentos, nos primeiros discursos.

Cícero e Demóstenes, se entrassem de fraque no fórum ou na ágora, desdourariam os mais luzentos relevos de suas esculturais orações. A estatuária do orador pende grandemente do alfaiate. Vistam Casal Ribeiro ou Latino Coelho, Tomás Ribeiro ou Rebelo da Silva, Vieira de Castro ou Fontes de casaca de briche e gravata sepulcral da mandíbula inferior: hão de ver que as pérolas desabotoadas daquelas bocas de ouro se transformam em granizo glacial no coração dos ouvintes.

— Eu estava encantada de ouvi-lo, Sr. Barbuda — disse Adelaide. — Tem uma voz muito sã e argentina. Gostei de ver a presença de espírito de V. Ex.ª, quando se levantou aquela algazarra contra as suas ironias. Lembrou-me então que prazer sentiria sua senhora, se o escutasse!

— Minha prima Teodora decerto me não atendia — observou o morgado. — Enquanto eu falasse, estaria ela pensando no governo da casa, e na calacice dos criados. Eu já disse a V. Ex.ª que minha prima Teodora entendeu no sumo rigor da expressão a palavra "casamento". *Casamento* deriva de *casa.* Senhora de casa e para casa é que ela é. E eu assim a aceitei e assim a prezo.

— Mas o coração... — atalhou Adelaide.

— O coração, minha senhora, ninguém lá nos disse que era necessário à felicidade doméstica. Tanto sabia eu o que era coração, como aquela criancinha, que sua Ex.ᵐᵃ mana tem nos braços, sabe o que é sensação do fogo. Ora veja como ela está estendendo as mãozinhas inexperientes para a chama das velas... Se as tocar, que dor não sentirá ela!

— Então, — volveu a filha do magistrado — hei de

crer que V. Ex.ª ainda ignora o que seja coração... o que seja amor?

— Se ignoro o que seja... — balbuciou Calisto. — Sabe V. Ex.ª — prosseguiu ele, reanimado, após longa pausa — sabe V. Ex.ª que no paraíso existiu uma celestial ignorância, até ao momento em que na árvore da ciência tocou Eva?

— Sim... E Adão também tocou...

— Depois, minha senhora. Mas não discutamos a primazia: tocaram ambos, e eu compreendo que deviam ambos pecar. Maior crime seria a resistência a Eva que a Deus. Perdoe-me o céu a blasfêmia!... A que hei de eu comparar nos nossos tempos, e neste instante, a árvore da ciência, da ciência do coração?!... Comparo-a a V. Ex.ª.

— A mim?! Que ideia!

— A V. Ex.ª. Eu contemplei-a, e... aprendi!... Hoje sei o que é coração: agora começo a estudar a maneira de o matar ao passo que ele vai nascendo.

Calisto levantou-se, agradecendo à Providência a chegada de um ancião respeitável que se aproximava dele a cortejá-lo.

Adelaide quedou pensativa. Refletiu, e considerou-se molestada e menoscabada no respeito que devia às suas virtudes um homem casado.

Receosa de ajuizar mal, por equívoca inteligência do que ouvira, buscou azo de provocar explicações de Calisto Elói. Como o ensejo lhe não saísse de molde, consultou a irmã, referindo-lhe o suposto galanteio do morgado. D. Catarina dissuadiu-a de pedir esclarecimentos, aconselhando-a a simular que o não entendera.

Pouco antes de terminada a partida, um moço legitimista recitou um poemeto dedicado ao nascimento do terceiro filho do Sr. D. Miguel de Bragança. Perguntou alguém a Calisto se conversava alguma hora com as musas, ou se, à maneira de Cícero, escrevia o desgracioso:

O fortunatam natam, me consule, Romam.

Disse o morgado, relanceando os olhos a Adelaide, que o seu primeiro parto métrico apenas tinha de vida 48 horas, e tão aleijado saíra que ele se envergonhava de o oferecer ao apadrinhamento de pessoas autorizadas.

Instaram damas e cavalheiros pela amostra da obra-prima, que certamente o era, atenta a modéstia do poeta.

— São versos — disse ele — que se poderiam mostrar aos 15 anos, e que seriam derisão e lástima aos 44 anos.

Objetaram as damas argumentando que o homem de 44 anos devia receber as inspirações dos 20, porque no vigor da idade é que o coração fulgura em toda a sua luz.

Trejeitou Calisto uns esgares de satisfação ridícula. Eram os precursores de alguma enorme necedade.

Embora resistisse à exposição da sua estreada musa, não se conteve que, despedindo-se de cada uma das senhoras da casa, não dissesse, à puridade, a D. Adelaide:

— V. Ex.ª verá as trovas que só Deus viu, e ninguém mais verá no mundo.

D. Adelaide ficou embaçada. Seria agravar as meninas de 18 anos, e educadas como a filha do desembargador, e amantes como elas de um comprometido esposo, estar eu aqui a definir a entranhada zanga que lhe fez no espírito dela o despropósito de Calisto. A estima afetuosa que lhe ela ganhara, por amor daquela cavalheirosa ação, por onde a paz doméstica se restaurara, não teve força de rebater o tédio e o ódio do tom misterioso do provinciano.

Enquanto ela confiava da irmã o despeito e aversão com que a deixaram as últimas palavras de Calisto Elói, estava ele no seu gabinete retocando e piorando aquelas linhas rimadas, a cuja rebentação assistiu o leitor com piedosa tristeza.

XIX

Ó MULHERES

Seguiram-se horas de insônia.

O juízo dava-lhe tratos amaríssimos ao coração. O homem sentava-se na cama, e remexia-se inquieto como se o escárnio o estivesse picando de entre a palha do enxergão.

Os intervalos lúcidos eram-lhe intervalos do inferno.

Os axiomas clássicos sobre o amor caíam-lhe na memória como chuva de dardos.

Quem mais o suplicou foi o mestre e amigo D. Amador Arrais.

Este santo bispo apresentou-se-lhe em visão, com D. Teodora Figueiroa ao lado, e disse-lhe as palavras do capítulo XLV dos *Diálogos*:

"Em a lei de Cristo a fidelidade que deve a mulher ao marido, essa mesma deve o marido à mulher; e, se as leis civis dão mais poder aos maridos que às mulheres, não é para as ofender e maltratar, nem para um ter mor jurisdição sobre si que o outro."

Seguiram-se outras visões de não menos pavor.

Aí pela madrugada, Calisto Elói amodorrou-se em roncado dormir; mas a fada que lhe abrira os tesouros virgíneos do coração, a esbelta Adelaide, bateu-lhe com as asas brancas nas pálpebras, e o homem acordou estrovinhado a desgrudar os olhos, que se haviam fechado com duas lágrimas, as primeiras que o amor lhe esponjara do seio, e cristalizara nos cílios, como diria o Dr. Libório.

Então foi o trabalharem-no umas cogitações tão sandias,

que seriam imperdoáveis, se não estivessem na tresloucada natureza de todo o homem que ama.

Entrou a inventariar as alterações que devia fazer no substancial e acidental da sua personalidade.

O uso do meio grosso pareceu-lhe incompatível com um galã. Aqueles sibilos da pitada, bem que denotassem espíritos cogitantes e gravidade de juízo, deviam toar ingratamente nos ouvidos de Adelaide. Demais disso, a saraivada de bagos de rapé que ele sacudia dos sorvedouros nasais algumas vezes obrigava as damas a formarem sobre os olhos com os dedos um baldaquim sanitário contra as insuflações imundas do sábio. Deliberou, portanto, imolar as delícias pituitárias.

Viu-se no espelho de barbear, modesto utensílio do estojo de bezerro, e conveio no deslavado prosaísmo da sua cara clerical.

Resolveu deixar pera e meia barba, como transição para bigode, que devia ir-lhe bem na tez um tanto moreno-pálida.

Como o estudo lhe havia extenuado os olhos, e por amor disso usava óculos de prata quando lia, adotou a luneta de ouro e molas.

Neste propósito, saiu a delinear as reformas capilares; fez alinhar as bases de uma cabeleira que trouxera escadeada da província, e consentiu que lhe encalamistrassem dois topes rebeldes ao ferro.

Depois, quando a ânsia de uma pitada começava a importuná-lo, fez provisão de charutos, e fumou o primeiro com aflitivas caretas, e engulhos de estômago.

Colheu informações dos alfaiates de melhor fama, e foi ao Keil encomendar duas andainas de fato. O artista ofereceu-lhe os figurinos; e, como lhe falasse francês, Calisto supôs que o atencioso alfaiate lhe dava a conhecer os retratos de alguns sujeitos ilustres da França. Corrido do engano, depois de ler as indicações dos trajos, saiu dali a procurar mestre de línguas, e a comprar dicionários e guias de conversação.

Se o leitor mais perseguido da fortuna esquerda nunca passou por lances análogos, não se tenha em conta de desgraçado.

Quem tivesse conhecido, um mês antes, Calisto Elói

de Silos e Benevides de Barbuda, devia chorá-lo, quando o viu entrar num café e pedir águas para combater os vômitos provocados pelo charuto!

Irá perder-se aquela alma tão portuguesa, aquele exemplar marido, aquele sacerdote e glorificador dos clássicos lusitanos?

O amor abrirá no pavimento da Câmara um alçapão, onde se afunda aquele grande brilhante, desluzido, mas prometedor de refulgente lume?

Di meliora piis!

Ó Lisboa!...

Ó mulheres!...

XX
Proh Dolor!...

Adelaide, temerosa de algum imprevisto acidente que a desmerecesse no conceito de Vasco, por causa do morgado da Agra, relatou ao pai o diálogo da antevéspera, e a promessa da poesia para a noite seguinte.

O desembargador duvidou do entendimento da filha, antes de acreditar na insânia do seu melhor amigo. Como havia de crer ele no intento desonesto de um homem que lhe emergira a outra filha da voragem? E, crendo, como se comportaria em lanço de tanto melindre?

Meditou, e discretamente resolveu que suas filhas e genro fossem passar alguma temporada da primavera na sua quinta de Campolide, e se pretextasse a doença de uma neta, para que a saída se fizesse naquele mesmo dia.

Pôde mais com o velho a gratidão que a ofensa.

Calisto Elói chegou à hora costumada.

Já não entrava à presença do magistrado com a facilidade e lhaneza de outros dias.

A sisudeza do semblante arguia o incômodo da consciência. Mais lha inquietava a estudada jovialidade com que Sarmento o recebeu.

Antes de perguntar pelas senhoras, lhe disse o velho o motivo da inopinada saída para ares.

Calisto passou o restante da noite com os amigos da casa; porém, insolitamente abstraído, concorreu a aumentar a letargia daqueles velhos soporosos, que pareciam ajuntar-se para se narcotizarem, e entrarem emparceirados nas silenciosas regiões da morte.

Fez sensação na assembleia tirar Calisto de uma charuteira de prata um charuto, e baforar colunas de fumo, com uns modos aperalvilhados e impróprios de sua gravidade.

Sarmento, com delicada liberdade, observou a preponderância que os costumes de Lisboa iam atuando sobre o ânimo do seu bom amigo. Sentiu que os ruins exemplos vingassem quebrantar aquela admirável singeleza de trajo e maneiras que o morgado trouxera da sua província. Lamentou que, em menos de três meses, o modelo do português dos bons tempos se baralhasse com os usos modernos e viciosos.

Calisto Elói defendeu-se frouxamente, alegando que as mudanças exteriores não faziam implicância às faculdades pensantes; e ajuntou que, ciente de que tinha sido incentivo da mofa entre os seus colegas, à conta da simpleza um tanto anacrônica dos seus costumes, entendera que a prudência o mandava viver em Lisboa consoante os costumes de Lisboa, e na província, segundo o seu gênio e hábitos aldeãos. Concluiu dizendo que: *Cum fueris Romam, Romam vivito more*, e que o fazer-se singular importava fazer-se ridiculoso; e que os seus anos não eram ainda bastantes para autorizarem a distinguir-se no mero acidente dos trajos.

Perguntado por que deixara de tomar rapé, costume indicativo do homem pensador e estudioso, respondeu que alguns escritores modernos atribuíam ao amoníaco, parte componente do rapé, o deperecimento das faculdades retentivas, pela ação deletéria que o poderoso álcali exercitava sobre a massa encefálica. Além de que a fumarada do charuto, sobre ser purificante e antipútrida, dava aos alvéolos solidez, e consistência aos dentes.

Estas explicações não evitaram que o desembargador, com os seus velhos amigos, prognosticasse o derrancamento do morgado da Agra, depois que ele se retirou, algum tanto azedado das reflexões daquela gente encanecida.

Sarmento não o convidara a ir visitar as filhas a Campolide, nem de leve, no correr da noite, falou delas. Calisto Elói também não suscitou conversação relativa às senhoras, porque já a doblez do espírito lhe tolhia a usual franqueza e familiaridade.

Entrou a dementar-se aquela desconcertada cabeça.

A saudade, em vez de lhe tirar lágrimas do íntimo, amadurou-lhe temporãmente a apostema de sandices, que em todo o homem se cria paredes-meias com o coração.

Aí começa ele a imaginar que o desembargador Sarmento, adivinhando os amores mal recatados de Adelaide, a obrigara a sair de Lisboa. Corroborava a suspeita não o convidar ele a visitar as damas. Isto sobre-excitou-lhe o sentimento; porque, a seu ver, Adelaide estava penando, havia uma vítima, um coração sopesado, uma alma em abafos de paixão.

Esta conjectura atirou com Calisto para os tempos cavaleirosos.

O olhar em si, e ver-se manietado pelos vínculos sacramentais, não o reduzia à compostura e honestidade de seu estado e anos. Ainda assim, sejamos justiceiros e ao mesmo tempo misericordiosos com esta alma enferma; na cabeça alucinada de Calisto de Barbuda não havia ideia ignóbil e impudica.

O amor, explodindo da cratera abafada 44 anos, dizia-lhe que era fidalguia de alma não transigir, por conveniências e respeitos sociais, com a opressão e alvedrio paterno. Se Adelaide o amava como e quanto Calisto já não podia duvidar, sua honra dele era pôr peito à defesa da opressa, beber metade do absinto do seu cálice, lutar, sem desdouro da probidade de um Barbuda, até perecer, exemplo de amadores de antiga têmpera.

Amou quem isto lê, e tresvariou aos 20 anos? Passou por uns hórridos eclipses de entendimento, que após si deixam lágrimas tardias e vergonhas insanáveis?

Amisere-se, pois, daqueles lucidíssimos espíritos de Calisto, que um por um se vão apagando ao ventar rijo da paixão, quais se apagam em céu de bronze as estrelas do mar alto, já quando o náufrago desesperançado finca os dedos recurvos na espuma das vagas.

Ó malsorteado Calisto! que auréola de patriarca te resplendia em volta do teu chapéu de merino e aço, quando entraste em Lisboa! Que anjo eras, entrajado na tua casaca de saragoça sem nódoas!

Aquela científica boa-fé com que procuravas monumentos em Alfama, e água depurante no muco catarroso no chafariz de El-Rei, e querias que os aljubetas da rua de S. Julião te dessem conta do chafariz dos Cavalos!...

Que te valeram as máximas de boa-vida colhidas a centenares nos teus clássicos, e enceladas nessa alma, refratária à ternura de tanta moça escarlate e sucada, que, lá em Caçarelhos, se enfeitava para achar graça em teus olhos?

Cairias tu nas pioses desta princesa dos mares, desta Lisboa que filtra aos nervos dos seus habitantes o fogo que lhe estua nas entranhas?

Cairias tu, anjo?

XXI

O MORDOMO DAS TRÊS VIRTUDES CARDEAIS

Era por uma noite escura e fria de abril.

O vento esfusiava nas ramalheiras de Campolide.

A lua, a longas intermitências, parecia, vagão dos céus, correr velocíssima entre nuvens pardas, para ir engolfar-se noutras.

Então era o carregar-se a escuridão da terra, e mais para pavores o rangido das árvores sacudidas pelos bulcões do setentrião.

Soaram 12 horas por igrejas daqueles vales. Era um como crebo soluçar da natureza por pulmões de bronze. Era o grão clamor da terra em angústias parturientes de alguma enorme calamidade.

Àquela hora, e por aquela noite capeadora de assassinos e bestas-feras, Calisto Elói, embrulhado num capote de três cabeções e mangas, que trouxera de Caçarelhos, passava rente com o muramento da quinta de Adelaide.

Depois, como saísse da vereda escura a um ressio que defrontava com a frontaria da casa, aqui parou, e, cruzando os braços, se esteve largo espaço quedo, e fito nas janelas.

Nem lua nem cintila de estrelas no céu! As confidentes daquele amador torvo como o cerrado da noite, negro como o coração que lhe arfa a lapela esquerda do colete, são as trevas.

Quis acender um charuto.

Nem os fósforos vingaram lampejar na escuridão.

E o vento assobiava no vigamento da casa, e nas orelhas de Calisto, o qual, levado do instinto da conservação, levantou a gola do capote à altura das bossas parietais, e disse, como Carlos VI:

— Tenho frio!

E passou-lhe então pelo espírito um painel da sua situação tirado pelo natural.

Viu-se no espelho que a razão lhe ofereceu, e cobrou horror da sua figura.

Bem que tal ato não implicasse delito, nem afrontasse os bons costumes, Calisto, apertado no trânsito difícil das índoles que se passam do comportamento austero e cativo às liberdades e solturas do vício, olhava com saudade o seu passado, as suas alegrias puras; e, mais que tudo, àquela hora, como o frio lhe cortava as orelhas, lembrou-se da quentura e aconchego do leito nupcial.

E como esta visão honesta, para mais o pungir, havia de ser encarecida com uma imagem de mulher leal e imaculada, Calisto viu D. Teodora de touca, naquele dormir plácido de quem adormeceu com a alma quieta e intemerata. Não bastava a touca, tão pudica quanto higiênica, a penitenciá-lo com remordentes saudades; viu-lhe também o lenço de três pontas de algodão azul com que ela costumava resguardar os ombros, antes de subir as quatro escadinhas que conduziam ao alteroso leito de pau-santo.

Se visões análogas, alguma vez, puseram guerra ao demônio tentador dos maridos infiéis e o venceram, desta feita não se logra a sã virtude do triunfo.

É que as toucas e lencinhos pudibundos, sobre não serem enfeites mui sedutores, algumas vezes tornam a virtude rançosa e tão somente boa para adubar palestras de avós com as netas casadouras.

Este mal deve-se às artes da estatuária, artes em que a imaginativa não põe nada seu, porque tudo é copiado da natureza nua, ou quase nua.

Nem sequer as Níobes, as Lucrécias, e Penélopes o buril respeita.

Nos casos mais lacrimáveis e trágicos, querem fados maus que os olhos achem sempre pasto à cobiça, quando a impressão devera ser toda para levantamentos de espírito, e "visões altas", como diz o bom Sá de Miranda.

Quando a arte desonesta não despe as figuras, veste-as

de feitio que pelo ondeado das roupas transparentes esteja o pecado a fazer negaças a conjecturas tais que, certo estou, Calisto Elói, antes de se empestar em Lisboa, se tais impudicícias visse, romperia no Parlamento os vesúvios da sua eloquente indignação.

E a posteridade, ajuizando da moral desta nossa idade de limos e alforrecas, viria a este lameiral esgaravatar a pérola da idade áurea, caída dos lábios do marido de D. Teodora, a qual, segundo fica dito, dormia de touca e lencinho de algodão azul de três pontas.

Esta peregrina imagem não bastou a desandar Calisto pelo caminho de Lisboa, e do seu gabinete, onde os pergaminhos dos seus livros pareciam rever lágrimas de amigos descaroavelmente desprezados.

O infeliz não desfitava olhos de certa janela, desde que vira perpassar uma luz pelos resquícios das portadas.

Podia a traída Teodora antepor-se aos olhos extasiados do esposo, com a pudenda touca, ou com as madeixas estreladas de brilhantes, que ele não a via nem queria ver.

Aí por volta da meia-noite estava Calisto recordando o que dissera, em circunstâncias análogas, Palmeirim, aquele grão cavaleiro de Francisco de Morais, diante do castelo de Almourol que fechava em seus arcanos a formosa Miraguarda.

Nisto cismava, compreendendo então as frases mélicas dos famosos amadores, quando as portadas da janela se abriram sutilmente, e logo a vidraça foi subindo mui de leve.

O recanto, em que o morgado da Agra se abrigara do vento, estava fora do caminho, sumido aos olhos da pessoa que abrira a janela.

Ao mesmo tempo, ouviu ele passos na estrada, e logo viu acercar-se um vulto rebuçado da casa de Adelaide, e parar debaixo da janela que se abrira.

Conjecturou Calisto de Barbuda que D. Catarina Sarmento, a esposa infida, reincidira nas presas do velho pecado, e sentiu algum tanto molestada sua vaidade de regenerador de corações estragados.

Também suspeitou que Bruno de Vasconcelos, quebrando

a palavra jurada, voltara do estrangeiro a reatar a criminosa aliança.

Não lhe deram tempo a mais conjecturas. O encapotado expectorou um cacarejo de tosse seca; da janela, como contrassenha, respondeu outro cacarejo de mais simpático timbre, e logo as duas almas se abriram neste diálogo:

— Ainda bem que recebeste a minha carta, Vasco!... — disse Adelaide. — Estavas em casa da tia condessa? Eu mandei lá por me lembrar que se fazia lá hoje a novena das Chagas...

— Fiquei espantado — disse Vasco da Cunha. — Que rápida deliberação foi esta?! Vir para uma quinta com tão mau tempo! Foi caso de maior!...

— Fui eu a causa — tornou ela. — São melindres do meu coração, que, por amor de ti, não sofre que outra voz de homem lhe fale a linguagem que eu só quero e aceito da tua boca. Antes me quero aqui escondida com a tua imagem, que ver-me obrigada a tolerar os atrevimentos de Calisto de Barbuda…

— Quê! — atalhou Vasco — pois aquele homem tão sério!... tão temente a Deus!...

— É um hipócrita com a brutalidade de um provinciano!... Ofereceu-me uns versos em segredo! Que ultraje! Que falta de respeito à minha posição...

— E que desmoralizada e irreligiosa criatura! Casado, já daqueles anos, legitimista, e católico, segundo diz, e ousar... Estou espantado! E a tia condessa que me tinha encarregado de o convidar para assistir no domingo à festa das Chagas! Fiem-se lá!... E tu, não faltes à festa, Adelaide. Este ano fazemo-la com toda a pompa. O pregador já me leu o discurso, e trata eruditamente a matéria. A prima Lacerda vai cantar um *Benedicite*, e a prima viscondessa de Lagões canta um *Tantum ergo*. Havemos de fazer melhor festa que a do conde de Melres. Eu começo amanhã a colher flores e a pedi-las para enfeitar o altar dos três reis magos e das três virtudes cardeais, de que me fizeram mordomo, não sei se sabias?

— Não sabia, meu amor — disse Adelaide, congratulando-se com os entusiasmos pios do excelente moço.

A palestra prosseguiu neste tom por espaço de uma hora.

A lua espreitava estas duas pessoas por entre as nuvens, que a pouco e pouco se foram descondensando.

O céu azulejou-se e estrelou-se para galardoar a virtude do mordomo das três virtudes cardeais e da bela menina destinada a maridar-se com o mais enérgico influente da festa das Chagas, com o que o devoto conde de Melres se havia de dar a perros.

No entanto, Calisto Elói, consultando a sua consciência a respeito de Vasco da Cunha, decidiu que o homem, se não era um santo, propendia grandemente para a sensaboria do idiotismo.

Esta crítica é a prova de um ânimo já iscado da peçonha da meia impiedade que degenera em impiedade inteira. Já como castigo de escarnecer um moço virtuoso, sentia ele encher-se-lhe de amargura o coração.

Não bastava ouvir-se qualificado de hipócrita brutal por Adelaide; quis demais disto a providência dos amantes lerdos, providência que eu não posso escrever senão com pequeno, quis, digo, que Vasco da Cunha, mancebo em flor de anos e gentileza, se estivesse ali rejubilando em novenas e mordomias das três virtudes cardeais, enquanto ele, Calisto, a mais de meio caminho da morte, ardia em fogo impuro e cobiça pecaminosa, com os olhos cerrados à visão duas vezes pura de uma esposa de touca e lencinho azul de três pontas sobre as espáduas não despiciendas, segundo me consta.

Merecem escritura as últimas frases de Adelaide e Vasco.

A menina, interrompendo os enlevos do devoto moço, que se deleitava em conjecturar a zanga do conde de Melres, perguntou-lhe, com doce requebro, quando viria o dia suspirado de sua união.

Vasco deteve a resposta alguns segundos, e disse:

— Deixemos ver se morre minha tia Quitéria, que me quer deixar os vínculos do Algarve.

— Pois nós — volveu Adelaide magoada — não poderemos ser felizes sem os vínculos de tua tia Quitéria, meu Vasco?

— Ninguém é feliz desobedecendo aos seus maiores, —

replicou Vasco. — A tia Quitéria quer que eu espere a volta de el-rei para depois tomar ordens sacras, e trazer mais uma mitra episcopal à nossa linhagem onde estavam como em vínculo as principais prelazias do reino.

Adelaide, não obstante o coração, quando aquilo ouviu, sentiu-se mal do estômago.

XXII
Outro abismo

Esta pungente lancetada não esvurmou o apostema do peito de Calisto de Barbuda.

Desde que qualquer sujeito perde o siso do coração, escusado é esperar que a razão lho restaure; em tão boa hora que ele o recupere depois de amargas provas.

O homem, porém, que amanhece tolo aos 44 anos, a mim me quer parecer que, ao entardecer-lhe a vida, a tolice refinará.

Tenho dois grandes exemplos disto: um é Calisto de Caçarelhos; o outro é Henrique VIII de Inglaterra. Este, aí pelas alturas dos 40 anos, tão bom homem era que até escrevia contra ímpio Lutero, e vivia santamente com sua esposa, Catarina de Aragão. Ensandeceu de amor, vinte anos depois de marido exemplar, e daí por diante sabe o leitor que golpes ele deu no peito invulnerável do papa e no frágil pescoço das pobres mulheres.

Calisto Elói não será capaz de repudiar nem degolar Teodora, porque neste país há leis que reprimem os patetas sanguinários; todavia, eu não assevero que ele seja incapaz, alguma hora, de lhe chamar parva e hedionda, e de lhe atirar com a touca e com o lençol azul de três pontas à cara vermelha de pudor.

Veremos.

Calisto, digamo-lo sem refolhos, caiu. Atascou-se. Foi de cabeça ao fundo do pego em que deram a ossada o último rei dos godos, e Marco Antônio, e o rei enfeitiçado pela comborça Leonor Teles, e Simplício da Paixão, e várias pessoas minhas conhecidas, que experimentaram todos os sistemas de desfazer a vida, desde o muro de S. Pedro de Alcântara até às cabeças dos palitos fosfóricos.

Este enguiçado Barbuda, na volta de Campolide, não teve uma lágrima que chorasse sobre a sua dignidade esfarrapada.

Circunvagou a vista pelos seus livros, figurou-se-lhe ver na lombada de cada infólio o olho de um demônio zombeteiro, bem que aqueles pergaminhos encadernassem almas, no céu bem-aventuradas, e na terra imorredouras, almas que neste mundo se chamaram fr. João de Jesus Cristo, fr. Pantaleão de Aveiro, fr. Antônio das Chagas, e dezenas destes talismãs, que têm salvado o leitor e a mim de soçobrarmos nos parcéis que esbravejam à volta de Calisto.

Eram duas da manhã quando o morgado experimentou uma sensação, que viria a definir-lhe o espírito, se alguém carecesse de ver este homem a luz extraordinária.

Nas águas-furtadas do andar em que ele morava, residia uma viúva de um tenente, senhora de anos insuspeitos, de muitas lérias, minguada de recursos, e, por amor disso, se oferecera a cuidar da casa e da cozinha do deputado.

Às duas horas, pois, bateu Calisto à porta da vizinha, e, como ela lhe falasse, exprimiu ele a sensação imperativa que o levou ali, por estes termos:

— Sr.ª D. Tomásia, há por aí alguma coisa que se coma?

— Não há nada feito; mas eu vou fazer chá, Sr. Barbuda, e o que V. Ex.ª quiser.

— Olhe se me pode frigir uns ovos com presunto — volveu ele.

— Pois lá vão ter daqui a pouco.

— Veja lá que se não constipe, Sr.ª D. Tomásia — recomendou ele.

— Não tem dúvida. Olhe que eu tenho muito que lhe dizer. Achou um bilhete de visita na escrivaninha? — perguntou D. Tomásia pelo buraco da fechadura.

— Não achei.

— Pois lá está. Faça favor de ir, que eu vou vestir-me.

— Então a Sr.ª D. Tomásia está-se constipando? Ora esta! Isso é que eu não queria!... Cá desço, e até logo.

O bilhete, que o deputado encontrou, dizia: IFIGÊNIA DE TEIVE PONCE DE LEÃO, e logo a lápis: *viúva do tenente--general Gonçalo Teles Teive Ponce de Leão.*

Desfilaram por diante do espírito de Calisto Elói regimentos de ilustres famílias oriundas dos Teles e dos Teives e dos Ponces de Leão.

Na linhagem dos Barbudas também alguma vez tinham entrado os Teives, e uma décima nona avó de Calisto viera de Espanha, e era Ponce, dos Ponces genuínos dos duques de Banhos.

Estava o morgado combinando estes parentescos contraídos aí pelo último quartel do século XIII, quando D. Tomásia entrou com o presunto e ovos. Calisto assentou o prato sobre dois volumes da *História Genealógica*, que lhe tomavam a banca; e, quanto a deglutição lho permitia, nalguns intervalos, foi perguntando:

— Então quem é esta senhora que me procurou?

— Eu só sei dizer — respondeu D. Tomásia — que é uma criatura linda, linda quanto se pode ser!

— Como assim?! — atalhou Calisto, retendo uma lasca de presunto entre os dentes molares — pois ela não é a viúva de um tenente-general, que naturalmente havia de morrer velho?

— Pode ser que ele morresse velho; mas a viúva o mais que pode ter é 30 anos.

— E com que então, galante?

— É uma imagem de cera. V. Ex.ª há de vê-la. E tão elegante! A cintura cabe aqui — prosseguiu D. Tomásia, formando um anel com dois dedos. — Eu, quando ouvi parar uma carruagem, cuidei que era V. Ex.a e vim abrir as portas do escritório. A senhora veio subindo, e puxou à campainha. Eu espreitei lá de cima, e, a falar a verdade, lembrei-me se seria a sua esposa, que lhe quisesse fazer uma agradável surpresa. Perguntou-me ela pelo Sr. Barbuda de Benevides, e foi entrando comigo para a sala. Levantou o véu, e disse: “Não está em casa?” Que voz, Sr. Morgado, que voz de criatura aquela!

— E isso a que horas foi? — atalhou Calisto. — Era por noite alta?

— Não, meu senhor. Eram seis horas da tarde. V. Ex.ª tornou às oito, mas saiu logo; e, quando eu voltei de fazer uma visita, já o não achei para lhe dar esta notícia.

— E depois, a senhora que mais disse?

— Mostrou-se pesarosa de o não encontrar, e prometeu de voltar hoje às três horas.

— E a Sr.ª D. Tomásia saberá o que me quer essa dama?

— Não sei; o que ela somente disse foi que V. Ex.ª era um gênio.

— Pois ela disse-lhe isso sem mais nem menos?

— Foi a respeito de ver aqui estes livros muito grandes, acho eu. Esteve a reparar neles com uma luneta... E a graça com que ela punha a luneta!... Mulher assim!... Os homens às vezes, por mais asneiras que façam, têm desculpa!...

— As paixões, minha Sr.ª D. Tomásia... — obtemperou o morgado, e lambeu os beiços molhados da libação de um vinho nervoso daquela garrafeira já mencionada. E prosseguiu! — As paixões do amor!... Nem os grandes sábios, nem os grandes santos se isentaram delas. Somos todos de quebradiço barro; somos uns pucarinhos de Estremoz nas mãos infantis das mulheres. O tributo é fatal: quem o não pagou aos 20 anos, há de pagá-lo aos 40, e mais tarde, quando Deus quer... Deus ou o demônio, que eu não sei ao justo quem fiscaliza estes mal-aventurados sucessos de amor, que a história conta e a humanidade experimenta cada dia...

— É um gosto ouvi-lo! — interrompeu D. Tomásia. — Bem no disse aquela senhora: V. Ex.ª é um gênio, e fala de modo que se mete no coração da gente. Quer que lhe diga a verdade, Sr. Barbuda? Foi bom que V. Ex.ª me encontrasse nesta idade. Se eu fosse moça e bonita, como dizem que fui, um homem como V. Ex.ª havia de me dar cuidados.

— Ora, minha Sr.ª D. Tomásia, isso é lisonja e favor. Eu já não estou também na idade de tocar corações, nem os meus hábitos vão muito para aí!

— Idade! — acudiu a viúva do tenente... V. Ex.ª pode dizer que tem 35 anos, que ninguém lho duvida. É mania agora dos rapazes quererem à fina força passar por velhos. Pergunte quem quiser à vizinha do primeiro andar se o acha velho. Está-me sempre a perguntar se V. Ex.ª me diz dela alguma coisa... Conhece-a?

— Bem sei: uma mocetona cheia, com umas fitas escarlates na cabeça... Não é má...

— E sabe V. Ex.ª que mais? Eu vou apostar que esta senhora que veio cá traz coisa no coração que a obrigou!... Assim uma senhora nova, sozinha, tão encantadora!... Aquilo, a meu ver, é que já o ouviu no Parlamento, e apaixonou-se. Há muitos casos assim cá em Lisboa de senhoras apaixonadas pelos homens de talento. O talento é uma coisa muito bonita! Meu marido casou comigo quando era sargento do treze de infantaria, e andava nos estudos. Era feio, e ao princípio tinha--lhe medo; mas assim que ele me mandou um acróstico — V. Ex.ª sabe fazer acrósticos?

— Ainda não me pus a isso.

— Pois como eu me chamo Tomásia Leonor e tenho catorze letras fez-me ele um soneto que me deu volta à cabeça, e tamanho incêndio que me tomou o peito, que o amei até à morte, e ainda agora, ficando eu viúva aos 39 anos, fui, sou e serei fiel à sua memória.

Neste ponto, D. Tomásia, ferida na alma pelo acróstico memorando, chorou.

Calisto represou-lhe os prantos com algumas máximas consoladoras sobre a morte, e bocejou, já porque eram três horas e meia da manhã, já porque o diálogo descaíra nos aborrimentos de uma palestra em dia de fiéis defuntos.

D. Tomásia começou a espirrar, porque se não agasalhara bastantemente, e assim se apartaram estas duas almas, que uma hora de expansão aproximara.

Calisto, conforme ao antigo uso, levou um livro para a cabeceira do leito. Escolheu poeta, e saiu-lhe o seu já tão querido outrora Sá de Miranda. Abriu ao acaso, e saiu-lhe numa página de *Os Estrangeiros* esta máxima: *Duas sortes de homens há no mundo que se possam servir: ou muito parvos ou muito namorados, e ainda os namorados têm grande vantagem*.

A meu juízo, o espírito daquele honrado doutor, que tão santo marido fora de Briolanja de Azevedo, até de saudades dela se deixar morrer, ali lhe viera, àquela hora, relembrar ocasionalmente e a ponto uma de suas máximas, como em paga do afetuoso respeito com que Barbuda o lia e inculcava à mocidade depravada.

Calisto Elói pôde ainda admirar o lídimo português da máxima, e adormeceu.

XXIII

Tenta o seu anjo da guarda salvá-lo mediante uma carta da esposa

Calisto dormiu mal.

As alvoradas de um dia feliz são mais temporãs que as da estrela-d'alva.

O coração acorda primeiro que os pássaros.

O amor diz o seu *fiat lux* primeiro que Deus.

Estas três sentenças, a meu ver, são mais inteligíveis que o contentamento do morgado da Agra, ao levantar-se da cama em que dormitara algumas escassas horas alvoroçadas.

O desastre de Campolide quebrantaria um homem qualquer que viesse a cumprir neste mundo os vulgares destinos da máxima parte dos mortais. Indivíduos notáveis já saíram céticos e bravos cínicos de aperturas menos dilacerantes.

Os anais ensanguentados da humanidade estão cheios de facínoras, empuxados ao crime pela ingratidão injuriosa de mulheres muito amadas e perversíssimas.

Superabundam casos de embaçadelas análogas à de Calisto; destes lances obscuros tem saído aparvalhada muita gente que era escorreita, e que se volve daninha à república.

São uns homens que vos namoram as criadas, se vos não podem requestar a família; uns vampiros de sangue femeal, que trazem o demônio da vingança no corpo, demônio meridiano e noturno, que bebe lágrimas de mulher, enquanto os possessos dele bebem conhaque e absinto.

Um homem destes, encostado a frade de esquina, é o leão que espreita da sua caverna líbica a antílopa descuidosa.

Oficiala de modista, que se espaneja nas verduras do jardim da Estrela, como alvéola nas praias borrifadas de espuma, se o anjo da guarda a desampara um quarto de hora, tem os seus dias contados.

O celerado, com o simples auxílio de um galego, em que por vezes se ingere e chafurda o confidente de Fausto, arranca da fronte da alegre palmilhadeira de botinhas a grinalda de laranjeira em botão, que esperava a sua primavera, o seu abrir-se e rescender, no primeiro dia nupcial.

Que tristeza!

E ninguém fala disto senão eu, porque me cumpre fazer o elogio de Calisto Elói, que não fez coisa nenhuma daquelas.

Assim se ergueu, cuidou em aformosear a saleta, cuja decoração era menos de modesta. Saiu açodado ao armazém dos mais elegantes estofos, e comprou alfaias magníficas.

O homem pasmava dos nomes daqueles objetos, nenhum dos quais soava portuguesmente.

— Por que chamam a isto *chaise longue?* — perguntava Calisto

Elói ao engenheiro Margoteau.

— Por que chamam?

— Sim: eu creio que se não ofende a França no caso de chamarmos a este móvel uma cadeira longa, ou uma preguiceira, que soa melhor. E *étagère e console e tête-à-tête, e onaise?* E é caríssimo tudo isto! A gente, pelos modos, de fora parte os objetos, também paga a lição de francês de samblador, que vem aqui aprender?

Sem embargo destes reparos, o ouro saiu-lhe generosamente da algibeira bem apercebida.

A pobre saleta do morgado, dentro em pouco, transformou-se em recinto digno de uma Ponce de Leão. Calisto, refestelado nos coxins elásticos da otomana, contemplava os restantes adornos do aposento, quando lhe chegou do correio carta da sua esposa.

Dizia assim:

"Já com esta são três que te escrevo, e ó por hora nem uma nem duas da tua parte. Marido! que fazes tu, que não respondes? Ando a futurar que não tens o miolo no seu lugar. Longe da vista, longe do coração, diz lá o ditado. Ora, queira Deus que não seja por minga de saúde; e, se é, di-lo para cá, que eu estou aqui estou lá.

O primo Afonso de Gamboa esteve cá há dias, e a modo de caçoada foi-me dizendo que lá na capital as mulheres enguiçam os homens, e fazem deles gato-sapato. Eu fiquei sem pinga de sangue, meu Calisto! Mal fiz eu em te deixar ir às Cortes. Bem tolo é quem está bem na sua casa, e se mete nestas coisas dos governos, que só servem para quem não tem que perder, como diz o primo Afonso.

O pior é se tu pegas a doidejar com as mulheres, e sais do teu sério. Eras um marido perfeito como a santa religião o quer, e tenho cá uns agouros no peito que me não deixam fechar olho há três noites. Deus te defenda, homem, e te traga aos braços da tua mulher são e escorreito da alma e do corpo.

Saberás que o mestre-escola anda de candeias às avessas porque tu lhe não respondes à carta em que ele te pediu uma venera. Olha se lhe arranjas isso ainda que te custe pedir ao rei ou lá a quem é a tal coisa. O homem tem-me feito favores, quando eu preciso que ele me leia a relação dos foreiros. A vaca preta comeu o bicho, e morreu ontem à noite. Lá se vão cinco moedas e um quartinho com a breca. O centeio da tulha do meio deu-lhe o gorgulho, e tratei de o vender, a 315, foi bem bom arranjo; eram mil e duzentos alqueires.

Olha cá, meu Calisto, disse-me a Joana Pedra, que ouvira dizer ao Manuel da Loja, que ouviu dizer ao compadre Francisco Lampreia, que veio de Bragança, que lá lhe disseram que tu mandaras ir de casa de um negociante mais de cem moedas de ouro!!! Fiquei estarrecida. Pois tu lá não recebes do rei dinheiro que te sobre? Em que afundes tu tantas moedas, homem? Vê lá no que andas metido, Calisto! E, se te for muito necessário algum dinheiro, cá estou eu para to mandar. Aquele caixote de peças de duas caras fui há dias escondê-lo na lareira da cozinha velha, porque tenho medo à ladroeira desde que tu andas por lá.

Não te enfado mais. Responde sem demora, que estou muito consternada.

Tua mulher que muito te quer

Teodora."

Calisto Elói dobrou a carta vagarosamente, e disse de si para consigo:

— Pobre mulher! Já me sinto enfadado com as tuas cartas... Já as tuas sinceras baboseiras me incomodam e enjoam!... Agora vejo que tu eras quase nada na minha vida. Não sei em que lugar do meu coração estiveste, porque não dou pela falta, nem sequer a saudade me chama para ti!... Os contentamentos da minha vida passada deu-mos o estudo. O coração dormia como os ventos da tempestade no bojo da nuvem negra, que serenamente se vai acastelando no horizonte. Ei-la começa a desfechar agora relâmpagos e coriscos. Mas o viver é isto! Eu quero e preciso amar. Levam-me os ímpetos de uma vontade juvenil e "a verdade é vida", como diz o Jorge Ferreira na *Eufrozina*. Amor! amor! que me caldeaste e me retemperaste o peito nas tuas forjas! emborca-me os teus nectários filtros, embriaga-me este coração, que já não pode respirar de afogado nos seus ardores!...

Disse, e tirou de uma charuteira de canudos de prata um havano, cujas ondulações de fumo lhe perfumaram o quarto e sutilizaram a fantasia.

Depois, com forçado trejeito, estendeu o braço sobre uma banqueta de charão, em que assentava um tinteiro de cristal, e escreveu à esposa, neste teor:

"Prima Teodora e estimada esposa.

Passo bem de saúde; mas saudoso de ti. Não te tenho escrito, porque os negócios do Estado me levam todo o tempo. Mandei vir dinheiro de Bragança, para empresas de grande vantagem. Não te dê cuidado os meus gastos, que somos muito ricos, e não temos filhos. Até aqui vivemos miseravelmente; quando eu voltar a casa, quero que mudes de vida, prima. Hei de reformar o nosso palacete de Miranda, e viveremos como nossos avós, com representação e comodidades próprias deste tempo. É preciso gozarmos a vida, que é curta. Não andes por lá a medir grão nem a tratar das aves. Entrega isso às criadas, e faze-te a senhora e fidalga que és.

Quanto ao mestre-escola, e à sua exigência do hábito de Cristo, devo dizer-te que o mestre-escola é um asno. Não respondo a tais cartas. Manda-o à tabua, e não admitas semelhante palerma à tua conversação. Lembra-te que és uma Figueiroa, casada com um Barbuda.

Se receberes ordem minha, em mão de algum negociante de Bragança, paga o dinheiro que disser a ordem.

Não te lembres de infidelidades do teu Calisto. O primo Gamboa é um patarata sem juízo, que te diz essas coisas para te desfrutar.

Quando vier o recoveiro de Miranda, manda-me presunto, salpicões, e algumas ancoretas do vinho da Ribeira.

Teu muito afeto e extremoso

Calisto."

XXIV
A MULHER FATAL

Às três horas em ponto, parou uma sege de praça à porta de Calisto Elói de Silos.

O boleeiro subiu ao terceiro andar, perguntando se S. Ex.ª estava em casa. O morgado arregaçou com o pente as mechas do cabelo, que lhe escondiam porção das escampadas fontes, apertou os cordões do *robe de chambre* na volta mais airosa da cintura, e desceu ao pátio a receber a visita.

Saltou da sege, amparando-se levemente na mão de Calisto, uma mulher daquelas que Lúcifer fazia, quando assaltava no deserto a pudicícia dos Antões, dos Paulos, dos Pacômios e Hilariões.

Era alta e pálida; rutilavam-lhe os olhos como lustrosos azeviches à flor de um busto de marfim, algum tanto emaciado. Calisto maquinalmente levou a mão ao coração: traspassara-lho uma azagaia elétrica.

— É muita delicadeza da parte de V. Ex.ª — disse Ifigênia.

— Oh, minha senhora!... — tartamudeou o morgado da Agra, oferecendo-lhe o braço.

— Parece — tornou ela quando iam subindo — que o meu palpite não me enganou...

— O palpite de V. Ex.ª...

— Sim... eu contava com um cavalheiro no rigor da palavra... Delicadeza igual ao talento, qualidades que raras vezes se conformam.

Entraram à sala.

O morgado conduziu Ifigênia ao sofá, e disse com voz tremida:

— A que devo eu a honra desta visita, minha senhora?

— Abreviarei a minha história e a minha pretensão. As suas horas deve-as V. Ex.ª ao bem da Pátria, e indiscreta fui eu obrigando-o a estar fora do Parlamento a esta hora...

— Minha senhora... que vale a Pátria, em comparação da honra que V. Ex.ª me dá?! — atalhou Calisto Elói, com o coração nos lábios a sorrir e a tremer.

— Sou brasileira. Pela fala me terá já conhecido...

— Sim: eu estava notando no falar de V. Ex.ª uma graça indizível...

— Meu pai era português, capitão de mar e guerra. Foi de Portugal com D. João VI, e casou no Rio de Janeiro com minha mãe, senhora de boa linhagem, mas de pouquíssimos recursos. Nasci em 1830, e casei em 1846 com um oficial general do exército do imperador do Brasil. Meu marido tinha 66 anos. Emigrara em 1834, com a patente de brigadeiro dada por D. Miguel, tendo sido coronel ainda no reinado de D. João. Gonçalo Teles ofereceu a sua espada e inteligência a D. Pedro II, serviu bravamente a império, e subiu em postos. Eu vivia órfã de pai e mãe, na companhia de parentes maternos, que pensavam constantemente em me dar posição. Casaram-me, e, se me não fizeram feliz, deram-me pai, amigo e mestre na pessoa de Gonçalo Teles.

Há dois anos que meu marido morreu. Deixou-me pouco, porque ninguém pode granjear muito com honra, principalmente na vida militar. Pouco antes de cair enfermo, me disse que, se algum dia me faltassem recursos e benefícios do Governo brasileiro, viesse a Portugal e procurasse o amparo de alguns grandes fidalgos, seus parentes, que ele me nomeou um por um; e ajuntou que, se os parentes me não amparassem, pedisse ao Estado uma tença, em atenção aos muitos serviços que ele fizera à Pátria em 30 anos, até o dia em que foi promovido a coronel de cavalaria.

Há três meses que cheguei a Lisboa. Procurei os parentes do meu marido. Apeei à porta de grandes palácios, e esperei largas horas em grandes salas de espera, como viúva que anda requerendo esmola. Enganaram-se.

Alguns, por mais tratos que deram à memória, já não

conseguiram lembrar-se de Gonçalo Teles de Teive Ponce de Leão; outros, os mais velhos, recordavam-se do sujeito, e lastimavam que ele deixasse o serviço da Pátria. Quando eu não tinha mais que lhes dizer nem eles a mim, levantava-me, eles levantavam-se, e despedíamo-nos cerimoniosamente. A altivez com que eu os desprezo, Sr. Barbuda, autoriza-me a dizer-lhe que os miseráveis são eles. Eu tenho comigo a riqueza do meu orgulho; e, se conservo os apelidos de meu marido, é porque ele foi talvez o único de sua raça que os não desdourou...

— Diz V. Ex.ª muito bem — atalhou Calisto. — Que nobre alma as suas palavras me manifestam!

— Há dias, por não ter de portas a dentro coisa que me distraísse de pensares melancólicos, fui ao Parlamento. Segui umas senhoras que iam subindo para as galerias. Um homem pediu-me o meu bilhete de admissão; eu não tinha bilhete, e ia descer algum tanto envergonhada, quando um deputado, cortesmente, me disse: "Aqui tem uma entrada, minha senhora." Agradeci, posto que a minha vontade seria rejeitar. Entrei, quando V. Ex.ª começava a falar. Impressionou-me a sua eloquência chã, os seus ares graves, a compostura, um não sei quê mais sério que os seus anos, permita-me assim falar. E, ao mesmo tempo, lembrou-me a recomendação de meu marido, respectivamente aos direitos que ele tinha de ser remunerado na pessoa de sua viúva. Eu nada sei de leis nem consultei quem as soubesse; ignoro se tenho direito a reclamar o que meu marido nunca reclamou. V. Ex.ª pode de pronto responder-me?

— Não, minha senhora. O que eu de pronto posso asseverar a V. Ex.ª é que, em honra da memória e cinzas do honrado brigadeiro do Sr. D. Miguel, não erguerei minha voz humilde no Parlamento, pedindo aos inimigos de D. Miguel favores para a viúva de Gonçalo Teles.

— Em tal caso... — balbuciou D. Ifigênia — baldou-se a minha pretensão.

— Queira V. Ex.ª ouvir-me… Molesta-se com o fumo do charuto? — perguntou ele erguendo-se.

— Não, senhor.

Calisto acendeu o charuto com ademanes teatrais, e voltou a sentar-se, prosseguindo:

— Se o marido de V. Ex.ª houvesse profundamente estudado a sua árvore genealógica, ajuntaria alguns nomes, mais obscuros mas não menos antigos, à lista dos parentes em Portugal. Mais obscuros, digo eu; porém, a ilustração dos mais claros não é de invejar, minha nobilíssima senhora. Entre aqueles que se honram do parentesco dos Teles, dos Teives e ainda dos leoneses chamados Ponces de Leão, há um que dispensou estes apelidos por se não demasiar em composturas nobiliárias. E esse, minha senhora e prima, sou eu.

— V. Ex.ª?! — acudiu Ifigênia.

— Eu, que não costumo falar de meus antepassados, sem invocar o testemunho dos tratadistas nobiliárquicos, dos cronistas, dos genealógicos impressos e não impressos. Devo poupá-la a discursos, aliás curiosos, de agradáveis e históricas notícias; mais tarde V. Ex.ª ouvirá com interesse as alianças travadas entre os meus maiores e os de meu parente Gonçalo Teles de Teive. Achou, pois, V. Ex.ª um parente em Portugal. Boa estrela nos fez confluir a Lisboa; em boa hora me deixei vencer das instâncias dos meus constituintes.

— Eu estou maravilhada!... — exclamou Ifigênia. — Há pressentimentos prodigiosos!... Que força estranha era esta que me impelia para V. Ex.ª!? Subi as escadas de sua casa com desusada afoiteza. Comecei a falar-lhe com segurança e tranquilidade extraordinárias! Não me lembrei que estava diante de um cavalheiro, que podia entender-me falsa e desairosamente... Enfim, eu falava a V. Ex.ª como se deve falar... a um primo.

— E mais que tudo a um amigo. E, como amigo, ouso perguntar a V. Ex.ª qual é atualmente a sua situação.

— Francamente responderei. Entrei em Lisboa com dinheiro, que poderia bastar a minha econômica subsistência de dois anos; porém, como ao fim de três meses não se me antolhava amparo de ninguém, nem esperanças de alcançar a paga dos serviços de meu marido, pensei em trabalhar para não exaurir o pecúlio que tinha. Li um anúncio, convidando mestra de línguas inglesa e francesa para colégio. Confiei bastante em mim, e apresentei-me aos diretores. Falei francês, e cuidaram que eu nascera em França; quanto a inglês, deram-me como bastante conhecedora da língua. Pareceu-me que a minha posição melhorava; mas enganei-me. Eu levava comigo o fatal condão de algumas mulheres; dizem que ainda não estou velha nem feia...

— Que favor lhe fazem, minha senhora! — atalhou Calisto mui risonho.

— Pois este acidente, de que tanto se desvanecem algumas mulheres, tornou-se para mim suplício. Não querem crer que envolvi meu coração na mortalha de meu marido, no túmulo dele o fechei; e, se pudesse, atirava este resto de formosura àquela campa, que me roubou um pai.

— Então é certo que minha prima abjurou todas as alegrias do coração? — perguntou Calisto, já ferido na alma por este desengano à paixão que o ia queimando com um crescer e desenvolvimento para pavores!

— Todas as que não condigam com a minha situação de viúva.

— Pois se a Providência lhe deparasse um marido digno…

— Maridos dignos são unicamente aqueles que afagam como a filhas as mulheres; são aqueles que as mulheres estremecem como pais; são os que concentram todo o seu viver no pequenino âmbito da família, na placidez e silêncios de almas que se contemplam mudas, quando as vozes do coração já não têm que dizer. Eu experimentei estes contentamentos ao lado de um pai, que me deu todo o seu saber quando já não tinha forças para manejar a espada. Não se podem repetir as situações do meu passado; lembro-as com saudade; mas não cogito nem levemente em revivê-las. Aqui tem V. Ex.ª a sincera exposição do que sou. Veio isto a dizer-lhe que a vida de mestra, que adotei, me é golpeada de desgostos e repugnâncias que me fazem desgraçada.

— E como seria V. Ex.ª feliz? — interrompeu Calisto.

— Numa casinha entre duas árvores, com os meus livros e com as minhas saudades. Ambiciono muito, porque há pessoas abastadas que nunca puderam conseguir esta felicidade, tão moderada aparentemente.

Ergueu-se Calisto Elói de golpe, avizinhou-se da brasileira, tomou-lhe a mão com solenidade, e abriu do peito estas graves e doces vozes:

— Prima Ifigênia, eu não permitirei que a sua mocidade vá emurchecer-se numa casinha entre duas árvores. Para as árvores e flores se fizeram as aves; e todavia, na estação desabrida, umas aves desferem remontado voo a outros climas, e outras pipilam enfezadas de frio e fome. Na estação das manhãs regorjeadas e das tardes inspirativas terá V. Ex.ª a sua casa bem assombrada de árvores e rodeada de relvas e fontes que retemperem as calmas do estio. Porém, no inverno, gozará o aconchego e regalos que as grandes populações oferecem. Não lhe admito réplicas, prima. Achou um parente de idade autorizada, que requer obediência. Agora, falar-lhe-ei de mim. Sou rico, não tenho filhos, conquanto seja casado...

Neste ponto do discurso, Calisto de Barbuda fez uma visagem fúnebre, e correu os dedos vertiginosamente por sobre o bigode, ainda escasso. Depois, desentranhou um suspiro cavo, e continuou:

— Minha prima e mulher, se alguma vez se encontrar com V. Ex.ª, abrir-lhe-á os braços de parenta. É uma criatura feita no campo, dotada apenas das luzes naturais, que a levam pelo melhor caminho da felicidade neste mundo. Casei, porque era necessário que o vínculo dos Figueiroas voltasse à casa donde saíra. Acho-me há vinte e alguns anos ligado à mulher que não devia ser minha. E, se ela é feliz, isso prova a muita probidade e resignação com que me tenho conformado ao meu destino.

Fez uma breve pausa, e prosseguiu:

— V. Ex.ª deu largas à sua alma: consinta que eu seja avaro do prazer de uma expansão.

— Por que não há de sê-lo? — acudiu D. Ifigênia, interessada na comovente história.

— Não sei o que é felicidade. Tenho 44 anos, e ainda não vi uma aurora benigna. Muitos anos procurei aturdir-me no estudo. Roía-me o abutre de um desejo vago; mas eu, que me segregara do mundo para o esconderijo da minha biblioteca, se às vezes passava de relance entre mulheres, que poderiam espertar-me paixões, fitava nelas como idiota que perdeu a memória da terra natal, e se queda espantado das coisas que ligeiramente lhe espertam a lembrança. Se alguma vez me colheu de sobressalto algum sentimento estranho de afeto, podia tanto comigo a consciência da sujeição ao dever, que o mesmo era cerrar os ouvidos da alma ao que quer que era, entidade dupla, que me segredava delícias de uma vida incógnita. Estas breves e poucas pelejas, com o discorrer dos anos, cessaram. Eu tinha consumado a paralisia do coração, e chamado sobre mim os hábitos da velhice. A minha vinda para Lisboa foi o ressurgimento da vida, sepultada antes de haver consciência de si. Achei-me entre homens, aquecidos à luz deste século. Na atmosfera desta cidade há perfumes que vaporam do coração das esposas amadas, das amantes queridas, das pombas ideais, que volteiam à volta dos espíritos anelantes de cada homem. Pulou-me como arfar de vulcões a vida no peito. Vi-me no passado, e tive pesar, e saudade, e pejo da minha mocidade… Onde vão estas cândidas revelações do meu pobre coração? Não na enfadam porventura, minha senhora?

— Interessam-me e comovem-me — disse com afetuosa simpatia a brasileira. — Vai dizer-me que se apaixonou?

— Tive um delírio — respondeu o morgado, compassando as palavras em tom muito do íntimo. — Um delírio, sonho de infeliz, que desperta a arrancar do seio uma flecha. Foi o estremecer do terremoto, que alarma terrores, e se aquieta. Medi a profundeza da minha alma, e pude ver que eu seria capaz de um crime... E, todavia, se algum seio de mulher pudesse compreender quanta pureza santificava os meus afetos!... Se alguém visse a águia que por tão alto avoeja, sem descer às searas a roubar um grão!... Falo a um espírito elevado, que tem obrigação de me compreender... Agora, senhora, perdão! Eu disse tudo: confessei-me diante de um anjo de Deus. Mostrei-lhe o desamparo deste meu viver. E, se estas lágrimas alguma coisa significam, é uma súplica de amizade. Eu vejo aí uma formosura que dobra a alma, e ouso procurar o compadecimento de uma amiga, porque sei agora que há mulheres, diante das quais um homem precisa chorar.

Calou-se o morgado. Ifigênia encarava nele com certo assombro e estranheza de pessoa que não pode, nem quer conhecer dos sentimentos que a alvoroçam. O inesperado remate deste diálogo figurou-se-lhe a ela a passagem de um romance, que se não preza de muito verosímil. Porém, como quer que a viúva do general Ponce de Leão fosse grandemente lida em novelas francesas, o caso não lhe pareceu tão extraordinário como ao leitor e a mim, quando mo referiram.

Passados momentos, Ifigênia, contemplando, sem as ver, umas figuras chinesas do seu leque, disse:

— De maneira que esta aparição imprevista de uma mulher desafortunada, se deu lugar à expansão, também foi causa a uma dor de V. Ex.ª!...

Calisto entrelaçou os dedos em postura suplicante e exclamou:

— Chovam-lhe os arcanjos do Senhor quantas felicidades a bem-aventurança encerra! Nunca uma nuvem escura lhe enegreça os seu sonhos de felicidade! Multipliquem-se em alegrias eternas para V. Ex.ª estes instantes de ventura que me deu, minha misericordiosa amiga!

Nenhuma paixão súbita estalou ainda com estrondos deste tamanho. A gente compreende como estas coisas acontecem; casos se podem ter dado conosco da mesma natureza, mas o que nós não fizemos nunca, se o amor nos assaltou de improviso, foi falar assim, romper tão depressa em veemências de entusiasmo. Nós, homens criados mais ou menos por salas, afeitos a subordinar o sentimento às práticas da civilidade, desafogamos em êxtases e suspiros, contemplamos embelezados a mulher que nos endoideceu, respondemos com frioleiras gagas a uma pergunta, que nos ela faz com toda a presença do seu espírito. Toda a lástima é pouca para os ridiculíssimos trejeitos que fazemos então.

Ora, isto é bom que assim continue a ser. Esse quarto de hora de suprema realeza das mulheres é tudo que elas têm, e pouco mais. Esse espaço de fascinação, que nos embrutece, é a divinização delas. Às pobrezinhas, quando o tempo se apeia dos altares, e os maridos convertem a prata dos turíbulos em caixas de rapé, fica-lhes sempre a memória consolativa daquele quarto de hora.

Tornando ao ponto, queria eu dizer que o morgado da Agra de Freimas não falaria daquele modo, nem tão íntimo da alma apaixonada, se tivesse experiência dos usos da boa sociedade. Os bons usos ordenam que o homem se declare à mulher que ama, depois que as impressões repetidas de vê-la e ouvi-la hajam desfalcado o vigor do sentimento. A praxe requer primeiro o êxtase, depois as sensaborias tartamudas, ultimamente a declaração, com intervalo de três meses ao êxtase.

XXV
Perdido!

Fecharam-se as Câmaras.

Calisto Elói desamparara a sua cadeira do Parlamento, quinze dias antes de encerrada a legislatura. Era opinião geral que o deputado de Miranda, desgostoso do Governo e da oposição, se retirara, convicto da fraqueza de seus ombros contra o colosso que tombava sobre o dessangrado Portugal.

As gazetas realistas indigitavam Calisto como exemplo de peito ilustre e invulnerável no marnel de febres podres em que ardiam e patinhavam miseráveis ambiciosos. Deram-lhe, à conta disso, vários nomes gregos e romanos, que lhe ajustavam tão a primor, como a verdade histórica à legenda das fabulosas virtudes de Grécia e Roma. A oposição liberal lamentava que as medidas obnóxias e híbridas do Governo afugentassem da Câmara um deputado como Benevides de Barbuda, a cuja alta inteligência e virtude repugnavam os desatinos da camarilha. Calisto Elói lia estas coisas nas gazetas, e dizia entre si:

— Como hei de eu crer no que vejo escrito a respeito dos outros!...

Ao tempo que estes juízos dos publicistas eram impressos e mandados à posteridade, estava o morgado da Agra no hotel de Sintra, cuidando em alugar e trastejar com elegância britânica uma casa, entre moitas de arbustos, a qual parecia feita para a rainha das flores ou para repousar-se em fresca sesta a Aurora.

Decoradas as paredes interiores, cobertos de oleado os pavimentos, e afestoadas as paredes exteriormente com lilases e jasmineiros, baunilhas e heras de verdejante urdidura, entrou naquela casa D. Ifigênia, conduzida pelo braço de Calisto, e seguida de uma senhora de porte honesto e recomendável, que vinha a ser aquela D. Tomásia Leonor, em honra de quem as musas do defunto tenente suspiraram acrósticos. Mais atrás, iam duas criadas, e um servo fardado de casimira cor de pombo, com gola e canhões escarlates golpeados de listas amarelas, distintivos da libré dos Ponces de Leão de Espanha.

Ifigênia foi surpreendida pelo seu gabinete de estudo, decorado de graciosas estantes e *étagères*, cheias de livros luxuosamente encadernados, acondicionados com tão elegante simetria que induziam muito mais à contemplação que à leitura. O restante daquela vivenda de fadas era por igual magnífico, em gosto e riqueza.

Calisto deu posse da casa a sua prima, e retirou-se ao hotel, para que ela sesteasse e se recobrasse da fadiga e calma da jornada.

Ao decair da tarde, o morgado foi bater à porta daquele éden. Ifigênia saiu-lhe ao encontro com um ramalhete de flores, e disse-lhe:

— Aqui tem as primícias do seu jardim, primo…

Calisto aspirou o aroma das flores, osculou a mão que lhas oferecera, e murmurou:

— Fechem-se os meus olhos, quando eu as puder ver sem lágrimas de gratidão.

— Lágrimas... para quê? — volveu ela com meiguice. — As lágrimas deixemo-las aos infelizes. O primo não comparte do meu contentamento? Não vê que me realizou o meu sonho com tamanho excesso de delícias, que eu não me atrevera, sequer, a imaginar? Sinto-me ditosa!... Ainda não quis pensar um instante se estas alegrias podem descair em mágoas... Estou sonhando e não quero que me acordem. Seria crueldade dizerem-me que há víboras debaixo destas alcatifas de flores. Isto deve ser paraíso sem culpa, ignorância santa do porvir sem pomo de árvore da ciência que mo descubra. Não é assim?...

— Que falar o seu, prima! — disse, com veemente mas sufocado amor, o morgado. — Que melodias!... Eu não sei responder-lhe... Apenas sei escutá-la. Numa composição dramática de Sá de Miranda, chamada *Vilhalpandos*, há um epíteto dado a uma mulher, o qual eu não podia perceber, sem que o batismo das doces lágrimas me chamassem o coração à vida.

— Sem lágrimas!... — atalhou Ifigênia. — Então que é que diz Sá de Miranda?

— Na boca de um amante, que encontra a sua amada, põe estas palavras: "mulher santíssima". Quem disse mais neste mundo? Os seus poetas franceses disseram coisa mais peregrina?... E nesta mesma cena, poucas linhas abaixo, diz o amante a Fausta: "Sabes que sonho?" Que imenso amor devia de ser o de Antonioto, que assim perguntava à vida de sua alma: "Sabes que sonho?"

— *Fausta!...* é um nome lindo — disse a mimosa viúva.

— Se não existisse Ifigênia... — acudiu Calisto. — Já este nome me soava docemente quando, na minha mocidade, relia as angústias da filha de Agamenão, cujo sacrifício o oráculo de Áulida demandava.

— Ah! também eu conheço essas angústias da tragédia de Racine. Quantas vezes eu, nas minhas horas tristes, repetia com a Ifigênia do grande poeta francês, e com o espírito na alma de minha mãe, assim como ela o tinha no aflito rosto da sua:

.... *Ah!...*
Sous quel astre cruel avez-vous mis au jour
Le malheureux objet d'un si tendre amour?

O primo — continuou ela — conhece perfeitamente Racine e Corneille?

— Perfuntoriamente. Conheço melhor Eurípedes e Sêneca. Pendi sempre à lição de clássicos gregos, latinos e portugueses. Crê-se nas províncias que o saber humano está nisto. Os franceses começo a prezá-los agora, porque... não há linguagem que não soe divinamente falada por minha prima.

— Essas lisonjas — volveu ela sorrindo — aprendeu-as nos seus livros velhos, primo Calisto?

— A lisonja deixará alguma hora de ser mentira?... Eu não podia mentir-lhe, prima Ifigênia. Não!... Os meus clássicos só me ensinaram duas palavras que eu possa dizer-lhe: MULHER SANTÍSSIMA!

Ifigênia deixou-se amorosamente beijar nos dedos.

A natureza de Sintra, incluindo os rouxinóis daquelas ramarias, poderia espantar-se: eu, não.

XXVI
E ELA AMAVA-O!

Era já Estio. Os galãs mais ardidos de Lisboa estanceavam por Seteais, por Pisões, e por aquelas várzeas de Colares, a engarrafar lirismo para gastarem por salas nas noites de inverno.

O primeiro deles que descortinou por entre árvores a formosa brasileira foi alvissarando aos outros a ondina incógnita, que saíra das vagas a buscar camilha de folhagem e boninas entre as fragas da serra da lua.

Começam os agitados monteiros da estranha caça a circunvagarem nas encostas e oiteirinhos que rodeavam a vivenda de Ifigênia. Uns a viam ao sol posto, outros ao arraiar da manhã, e outros, quando ela perpassava por entre áleas de cilindras para uma gruta fechada como concha de pérola.

A presença de Calisto Elói, confundido com os arbustos floridos da casinha misteriosa, aumentou a curiosidade dos indagadores. Uns consideraram esposa do deputado a bela esquiva; outros aventaram hipóteses mais românticas, mas menos honestas. À primeira conjectura opunha-se uma forte razão negativa: se era marido, por que vivia no hotel do Vítor? À segunda conjectura, contraditava outra razão ponderável: se era amante, que descuidado amante era ele, que se encerrava no seu quarto do hotel, durante as noites, — fato averiguado minudenciosamente pelos interessados? O mistério, pelo conseguinte, a nublar-se, e as esporas da curiosidade impaciente a picar os moços ociosos, e os ricaços velhos, que espreitavam, por entre a rede das sebes verdejantes, esta Susana, mais cuidadosa do que a outra, que acendia fogos nos lúbricos juízes de Israel.

Entre os mancebos, estremava-se um, que passava grandes espaços de tempo em quietismo escultural debaixo de um olmo, que sobranceava a casa de Ifigênia. Sempre que ela, à hora da maior calma, se aproximava da janela do seu gabinete a respirar o frescor do jardim, via o contemplativo sujeito de braços cruzados, e olhos fitos. Mas, assim que, ao entardecer, os arredores da casa começavam a ser frequentados, o moço, como quem se resguarda, desaparecia.

Era este sujeito aquele Vasco da Cunha, que esperava a herança de uma tia para casar com Adelaide Sarmento. Os olhos indiferentes de Ifigênia assetearam-lhe a pia alma, num daqueles dias em que ele viera de Lisboa a Sintra para assistir à novena de Santo Antônio de Pádua, celebrada solenemente na capela de uma tia marquesa. Ou porque o ascético fidalgo andasse com o coração amolecido pelas práticas piedosas, ou porque Ifigênia se lhe figurasse algum daqueles serafins que visitavam os anacoretas da Tebaida, o certo é que não houve mais despegar-se-lhe a fantasia daquela imagem, que se interpunha entre ele e o santo filho de Martim de Bulhões.

Ifigênia atentou na pertinácia do homem, e contou ao primo Calisto, gracejando, a tempestade amorosa que lhe andava iminente na pessoa daquele sujeito. Assomaram diferentes cores ao rosto do morgado. Quisera ele dissimular o sobressalto com o sorriso; mas a rubidez sanguínea dos olhos, se o dramaturgo inglês a visse, arranjaria daquele aspeito feroz assunto para mais celerado preto.

Ifigênia lisonjeou-se daquela explosão de lavas que arquejavam na testa do homem.

Lisonjeou-se!... Pois amava-o ela?

Não sei com que direito me fazem esta pergunta assim com uns visos de espanto! Amava-o como quem não tinha amado nunca. E para lisonjear-se de incutir ciúme não lhe fora mister amá-lo, digamo-lo de passagem, e em nome da consciência incorruptível das senhoras, cuja atenção e reparo é felicidade que eu anteponho a todas.

Amava-o, sem pensar os benefícios extremamente delicados com que ele lhe dulcificava a existência. Amava-o cativa do quer que é que primeiro prende a vontade da mulher, sem dependência dos dons da alma. Calisto Elói de Silos estava uma esbelta figura de homem. A cara compusera-se arabicamente. O bigode cerrado e negro caía-lhe sobre as clavículas. O descostume da leitura restituíra-lhe o aprumo da espinha dorsal. O ventre baixou às proporções razoáveis. No trajar, refinava em elegância e gosto, subordinando-se ao alvitre do alfaiate. Todo aquele ar de meneios, posturas e jeitos, acusava os fidalgos espíritos, resgatados da bruteza da antiga vida. Pode ser que alguma afetação lhe maculasse os modos e garbo das atitudes; sem embargo, o senhor da Agra de Freimas era homem para merecer, sem favor, a consideração de qualquer dama superciliosa na escolha.

Se isto não bastasse a ponderar no ânimo de Ifigênia, mal poderia resistir-lhe o coração aos respeitos, porventura demasiados, com que ele interpunha largo estádio entre as expansões da palavra e o mínimo vislumbre de qualquer intento menos decoroso. Casos houve em que ela o surpreendeu com os olhos marejados de lágrimas e um sorriso nos lábios, sorriso suplicante, de perdão para as lágrimas. Outros casos houve em que ela sentiu ferver--lhe o desejo de lhe pedir que, em vez de lágrimas, lhe desse um beijo na face, um daqueles beijos que não tiram nada à formosura do corpo nem da alma, porque no rosto aumenta o rubor — o que é belo —; e na alma convencem a consciência da adoração — o que é sublime. Difícil será achar a virtude que se furta a estes conflitos! Virtude, que se esconde e encolhe para não ser alcançada pela flecha de um beijo, às vezes acontece que, por muito esquivar-se, apouca-se, vapora-se, safa-se e ninguém sabe como ela se foi, nem como é possível que um vaso fechado de essências aromáticas apareça vazio sem ter sido quebrado. Este caso, naturalmente, anda explicado na estética. Eu hei de ver o que é isto quando tiver vagar.

Vamos já rodeando por longe dos ciúmes de Calisto Elói. Revertamos ao assunto.

Ifigênia tomou-lhe amorosamente da mão e disse-lhe:

— Meu primo, eu não quero ler em sua alma uma página que se não pareça com as outras.

— Pois que é, prima?... — perguntou ele enleado e tremente.

— Eu não quero ter de justificar-me — tornou ela balbuciante.

— Justificar-se...

— Sim. Duas palavras que bastem a definir-me. Se eu perder a sua amizade, quero morrer. Veja quanto eu farei para lha merecer.

Calisto dobrou o joelho, e beijou a mão, que lhe estreitava calorosamente a dele.

Houve silêncio de alguns minutos.

Se tivesse elos a cadeia da felicidade humana, o último, a máxima perfeição, havia prender com os gozos celestiais. Esse último elo não o há; se existisse, o morgado, naquele instante, perderia a consciência desta vida, e entraria na exultação beatífica dos anjos.

A fortuna dos corações que desbordam da felicidade no amor deve ser aquela *Fortuna parva*, à qual Sérvio Túlio erigiu templos. Tito Lívio, a meu ver, toma o *parva* no sentido de *baixa* ou *pequena*; eu traduzo latamente "fortuna lorpa", porque não conheço quem, nuns lances análogos ao de Calisto, mantivesse a inteireza de sua razão e espíritos. É que o morgado não disse coisa que mereça escritura, ele que tão donosamente, em supremos apertos, face a face do Dr. Libório, tirou da veia copiosa repuxos de eloquência!

No dia seguinte, quando as aves abraseadas do sol das 11 horas se embrenhavam nos tufos das ramagens, lá estava Vasco da Cunha debaixo da árvore.

À mesma hora, Calisto Elói circuitava a parede da mata em que se emboscava o religioso mancebo, saltava de manso, e quase a súbitas passava rente dele ombro a ombro.

Vasco não conheceu o homem que o fitava com sobranceria. Três meses antes se havia encontrado em casa do desembargador Sarmento com um Calisto que não tinha que ver com aquele homem.

Sorriu-se o morgado, e disse-lhe:

— Costuma V. Ex.ª intermear as suas novenas com a oração mental nas brenhas e florestas, à imitação dos antigos padres? Ou está pedindo aos deuses infernais que lhe levem a alma da tia, e lhe deixem o vínculo da mesma para poder maridar-se com a Sr.ª D. Adelaide Sarmento?

Alumiou-se Vasco de uns longes de suspeita, e cuidou estar ouvindo a voz mesurada e sonora de Calisto.

— O senhor... — disse ele.

— Eu, quê? — atalhou o morgado à suspensão do moço.

— Com que direito vem aqui incomodar-me? — tornou o mordomo das três virtudes cardeais.

— Não o incomodo, nem me incomodo. Dir-lhe-ei muito de relance que mora ali naquela casa uma prima de um Barbuda, e acrescentarei que tal dama não fez novenas a santo nenhum das particulares devoções de V. Ex.ª. Se o Sr. Vasco da Cunha aqui voltar amanhã, continuaremos a palestra.

Vasco não voltou.

XXVII

A SAUDADE E A CIÊNCIA EM DIÁLOGO

Dois meses depois de fechado o Parlamento, D. Teodora Figueiroa, farta de escrever cartas, e de esperar respostas que lhe iam à razão de uma por dez, mandou chamar aquele Brás Lobato, professor de instrução primária, e, com os olhos vermelhos de chorar, abriu do peito opresso estas palavras:

— Que me diz vossemecê, Sr. Brás, à demora do meu homem?

— Eu estou passado, fidalga! — disse o mestre-escola empunhando e sacudindo o queixo inferior. — Seu marido, a minha opinião é que ficou por lá embeiçado nalguma mulher. Lisboa é uma Babilônia, fidalga. Quem para lá vai com um bocado de temor a Deus, perde-o; e quem não tiver muito lume no olho, e alguns anos de tarimba e experiência do mundo, como eu, pode contar que em lá chegando fica à expressão mais simples.

— E que é ficar reduzido à... quê? como disse vossemecê? — perguntou D. Teodora.

— Quero dizer que dá com as canastras na água. Foi o que sucedeu ao fidalgo, futura-se-me isto! Sábio era ele, mas faltava-lhe a prática do mundo. Foi uma asneira mandá-lo a Cortes; eu bem não queria... mas enfim... tanto me azoinaram os abades e os lavradores, que eu deixei-me ir com os outros... (O impostor que tinha votado em si!) E que diz ele nas cartas a V. Ex.ª?

— Lá por milagre recebo alguma... Aqui tem vossemecê a que veio aqui há dias atrás. Ora leia lá isso.

Brás montou os óculos de cobre, e leu:

“Prima Teodora. Cessa de ter cuidado com a minha saúde: eu passo sofrivelmente. Não me pude ainda desembaraçar dos negócios do Estado, que me não deixam tomar fôlego. À vista te contarei o que tenho feito a favor da Nação. Tem tu saúde, e descansa da vida trabalhosa que tens. Há de ir aí um sujeito de Bragança para lhe entregares 800 mil réis. Vende o grão todo que houver, e dize aos lavradores que por lá têm dinheiro a juro que eu preciso recolher essas quantias para negócio de mais interesse. Teu primo e afetuoso marido *Calisto*.”

— Aí tem vossemecê! — continuou a esposa atribulada, com os braços em cruz e as mãos nos sovacos. — O dinheiro, que há sete meses tem saído desta casa, é um louvar a Deus! Ainda o dinheiro vá que o leve a breca! mas andar-me por lá o marido, o meu homem, que dantes, se ficava uma noite fora de casa, era lá uma vez de ano a ano, e dizia ele que não estava bem senão à beira de sua mulher!... Que me diz a isto, Sr. Brás? Então vossemecê é de parecer que ele está por lá embeiçado? Pois o meu Calisto seria capaz disso?!

— Olhe, fidalga, — respondeu o professor de instrução primária fazendo com os beiços um bico e logo um arco, trejeitos meditabundos com que ele usava solenizar os dizeres graves — um homem cá nas aldeias é uma coisa, e nas cidades é outra. Eu corri mundo, e sei o que fui. As mulheres das cidades têm umas artes e manhas, que, se um homem se não precata, às duas por três, não sabe de que freguesia é. Ainda que a gente não queira, aqueles demônios tais esparrelas armam, que não há remédio senão cair em fragilidades próprias da frágil natureza humana, como o outro que diz. O Sr. Morgado já não é rapaz; mas também não é velho. Aquilo, congemino eu, e oxalá que me engane, deu por lá com alguma menina que o embruxou...

— Sabe vossemecê que mais? — interrompeu com abrupta resolução D. Teodora — pego em mim, meto-me numa liteira, e vou por aí abaixo até à capital. É o que eu faço!

— Essa ideia precisa de ser pensada com prudência —

observou o mestre-escola, erguendo-se, e dando alguns passeios na eira, onde estavam dialogando. — Se a fidalga for, esta casa fica sem dono, entregue à criadagem, e o Sr. Morgado pode zangar-se. De mais a mais, ora suponhamos nós que o senhor seu esposo está, como ele diz na sua carta, ocupado em negócios do Estado; a ida de V. Ex.ª vai atrapalhá-lo, porque ele não a há de deixar sozinha na estalagem. Depois a fidalga vai, palavra puxa palavra, um diz uma coisa, outro diz outra, e afinal desavêm-se, e começam a viver de esguelha. A minha opinião é que V. Ex.ª se deixe estar em sua casa, e espere a ver para onde correm os ventos. Se ele por lá anda com a cabeça a juros, deixá-lo pagar o tributo, que ele cairá em si. Antes isso que quebrar uma perna. Lá o dinheiro isso é o menos. A casa dá para tudo, graças a Deus. A fidalga não sabe o que tem de seu. Lá quanto ao marido, uma extravagância não lhe dá nem tira. Salomão foi o mais sábio dos homens e teve 300 mulheres e 700 concubinas, e mais acho que foi santo. David também era santo, e caiu também na fraqueza de amar a mulher de um capitão, general, ou uma coisa assim. As sagradas escrituras contam muitos casos destes... Pois enfim, a fidalga não esteja aí a chorar. Seu marido há de voltar são e salvo. O mais que eu posso fazer-lhe é ir por aí abaixo ter com ele, e desenganar-me por meus próprios olhos.

— Isso é que era bom, Sr. Brás! — exclamou Teodora, limpando as lágrimas ao avental de chita.

— Eu estou ainda com a ideia ferrada do hábito de Cristo. É cá uma birra com o boticário, que disse ao cirurgião que eu havia de ser cavaleiro do hábito quando ele fosse papa. O Sr. Morgado não me responde às cartas: é um ingrato daquela casta; mas, enfim, os favores que lhe fiz na eleição não me arrependo de lhos fazer... Enfim, fidalga, se V. Ex.ª quer, eu vou ter-me com o Sr. Morgado, e pode ser que venha com ele para cima e com o hábito.

— Está dito! — clamou Teodora — vossemecê vai, e eu faço-lhe as despesas.

— Isso lá como V. Ex.ª quiser... Eu, a falar verdade, não estou muito endinheirado, e alguns vinténs que tenho todos me hão de ser precisos para pagar os direitos da mercê, etc., etc., etc.

Aí vem, pois, Brás Lobato, caminho de Lisboa.

XXVIII

Ingratidão de um deputado

Brás Lobato, antigo sargento de milícias, e antigo borra de frades franciscanos, era legítimo homem para farejar Calisto em Lisboa. Cuidou ele que encontraria o marido de D. Teodora de Figueiroa nos lugares mais celebrados e admirados da capital, segundo é fama nas províncias. Como o não encontrasse na Memória do Terreiro do Paço, foi procurá-lo ao Aqueduto das Águas Livres. Depois de baldadas estas pesquisas, outro qualquer sujeito desanimaria. Brás Lobato, porém, resolveu ir ao Paço das Necessidades em busca do seu patrício, porque, no seu modo de julgar as correlações dos altos poderes do Estado, Calisto Elói devia frequentar regularmente a casa real.

Perguntou o mestre-escola afoitamente à sentinela do paço se o representante nacional, morgado da Agra, estava em palácio. A sentinela mandou-o entrar, e que perguntasse ao comandante da guarda. O comandante mandou-o a um fidalgo que vinha descendo, e o fidalgo interrogado mandou-o à fava.

Com o quê, Brás Lobato saiu à rua, e perguntou a um aguadeiro se ali não morava o rei. E, como soubesse que a família real estava em Sintra, conjecturou que os deputados, e particularmente Calisto, deviam estar em Sintra para de lá governarem a Monarquia.

Chegou o mestre-escola a Sintra, e descavalgou do jumento portador, à porta do palácio. Fez as suas perguntas à sentinela com aquele ar marcial que lhe ficou das milícias. Esperou a vinda de um camarista, velho fidalgo atencioso, que sorriu da suspeição do provinciano, e lhe disse que o deputado Calisto Elói residia no hotel do Vítor.

Chegado ao hotel, à hora mais de passeio, por fim da tarde, não encontrou Calisto, e foi demandá-lo nos lugares mais frequentados. Abeirou-se de um grupo de sujeitos, que inculcavam gente grave, e perguntou por Calisto Elói de Silos Benevides de Barbuda.

Esta pergunta coincidiu com o caso de estarem aqueles indivíduos aventando hipóteses sobre a formosa solitária, cujo ninho de folhas e flores apenas Calisto de Barbuda frequentava.

O ar provinciano de Brás fez crer aos curiosos que o homem, sendo patrício de Calisto, poderia esclarecê-los acerca da criatura misteriosa.

— Donde conhece vossemecê o Sr. Barbuda? — perguntou um.

— Conheço-o desde menino, que é da minha terra, e eu sou professor de instrução primária lá do concelho do Sr. Morgado da Agra de Freimas.

— Então — volveu outro — há de saber se a senhora que está com ele em Sintra é parenta dele, ou mulher ou amante.

— A mulher do Sr. Morgado ficou em casa; parenta não me consta que ele tenha cá nenhuma. Isso há de ser negócio de contrabando, penso eu. Fazem favor V. S.^{as} de me ensinarem o caminho da casa onde ele está?

Conduzido à espessa cancela de ferro, que estremava o jardim do caminho público, Brás Lobato puxou a campainha. Falou-lhe um criado de libré, o qual, perguntado se o Sr. Morgado estava em casa, respondeu que naquela casa morava a viúva do general Ponce de Leão.

Dada a resposta, o criado rodou solenemente nos calcanhares, e deixou o mestre-escola com o nariz num orifício da grade, e os olhos noutros orifícios, espreitando os maciços de murtas, que escondiam a fachada da casa.

Daí a pouco lobrigou ele entre os arbustos um galhardo homem com uma senhora pelo braço, atravessando vagarosamente para um bosque de aveleiras.

Fitou-se nele; mas não viu coisa que lhe desse lembranças do fidalgo da Agra. Cuidou que o tinham enganado os lisboetas, e desandou para a hospedaria.

Novamente informado, resolveu esperar que o morgado entrasse às dez horas, consoante o costume.

Sentou-se à porta do pátio.

Viu entrar um empavesado sujeito retorcendo as guias do bigode, com os olhos postos na lua através de uma luneta. Levou urbanamente a mão ao chapéu. Calisto, divertido pela ação civil do sujeito, ia corresponder, quando reconheceu o mestre-escola.

— Você aqui, Brás! — disse ele.

O professor arregaçou as pálpebras, e exclamou:

— Que vejo! a voz é a do fidalgo!

— Sou eu, não tenha dúvida nenhuma.

Brás levou a mão à testa, e da testa ao peito, e de um ombro ao outro, murmurando:

— Em nome do Padre, e do Filho, e do Espírito Santo! Coisa assim nunca os meus olhos esperaram ver!... V. Ex.ª é outro homem!... Eu estarei a dormir! — e esfregava os olhos, desconfiando seriamente que estava sonhando.

— Entre cá dentro — disse o morgado.

Entrados à sala, perguntou o fidalgo com um ar seco:

— Que novidade o traz aqui?

— Vim por aí abaixo, a fim de ver V. Ex.ª, e ao mesmo tempo...

— Bem sei no que quer falar. O hábito de Cristo, sim?

— Não sendo coisa muito de costa acima...

— Há de arranjar-se. E que mais?

— E que mais?...

Brás Lobato sentia-se como esmagado pelo tom ríspido e sobranceria do fidalgo. A concisão e rapidez das perguntas enleavam-no a ponto de o engasgarem nas respostas.

— Como ficou minha prima? — disse Calisto.

— Está muito contristada, senhor.

— Por quê?

— São saudades. Ainda na véspera da minha vinda esteve a chorar na eira... O melhor seria que V. Ex.ª viesse comigo para casa... Mas como o fidalgo está mudado!... Então V.

Ex.ª, pelos modos, era o mesmo que eu vi, ao fim da tarde, naquela casa que tem porta de ferro! Bem me diziam que V. Ex.ª estava lá com uma madama, e eu não o conheci.

— Aonde? — atalhou desabrido o morgado.

— Naquela casa que tem muitas flores.

— Quem o mandou lá?

— Uns fidalgos a quem eu perguntei por V. Ex.ª.

— E quem o manda perguntar por mim?! Quem lhe disse que eu estava em Sintra?

— Foi no palácio do rei que...

— Então foi-me procurar no palácio do rei! O Sr. Brás é parvo!... Bem. Eu preciso recolher-me. Quer mais alguma coisa?

— Não, Sr. Fidalgo… E V. Ex.ª não quer nada lá para a terra? — volveu logo o antigo sargento com o nariz rubro de cólera.

— Não quero nada.

— Pois eu para lá vou. Passe muito bem por cá e até lá.

Não pôde ter mão de si o professor; voltou ao limiar da porta que se fechava, e disse:

— Sr. Morgado...

— Que é?

— Eu, para a outra vez, elegerei deputado que me arranje o hábito de Cristo. Faça favor de se não incomodar.

— É asno! — murmurou Calisto batendo a porta com ímpeto.

XXIX

O DEMÔNIO EM CAÇARELHOS

Estava D. Teodora presidindo à limpeza do lagar em que se havia de fabricar o azeite, quando Brás Lobato, ainda empoado da jornada, assomou à porta, e chamou de parte a fidalga.

— O meu homem veio! — exclamou ela.

— Faz favor de me ouvir aqui fora, — disse ele à puridade. — E, retirados ao escuro de um bosque de castanheiros, continuou:

— Seu marido está perdido, Sr.ª Morgada.

— Que me diz? — bradou a pálida consorte.

— Estragou-se; dali ao inferno não tem mais que morrer.

— Credo! Então que é?

— Seu marido está tolhido! A mulher que o roubou à Pátria, e à esposa, e aos amigos, está lá numa serra cercada de árvores, e de grades de ferro! Dizem que é a viúva de um general, e bonita como os serafins. Eu ainda a enxerguei pelo braço do fidalgo; ia vestida de branco, e parecia uma estrela.

— Ai! que eu estalo! — exclamou Teodora, apertando a cabeça entre as mãos.

— Seu marido, se a senhora o vir agora, não o conhece. Está mais apanhado do corpo; aquela barriga que ele tinha sumiu-se-lhe. Tem um bigode muito grande, e aqui no queixo uma moita de pelos como os bodes. Traz os cabelos puxados para cima e retorcidos. Usa óculos à moderna, de ouro, pendurados ao pescoço. O pano da roupa luzia como vidro, e andava apertado nela e puxado à substância que parecia espremido no peso do lagar. Repito: a Sr.ª Morgada, se o vir, não o conhece.

— E então ele está lá com essa mulher? — insistiu soluçando a quebrantada senhora.

— É verdade, lá a tem como uma princesa. Agora já sabe a fidalga no que ele estraga o dinheiro.

— E vossemecê não lhe disse que viesse para sua casa?

— Ora se disse! chamou-me parvo e asno. Asno a mim, fidalga! Eu acomodei-me, porque não quero testilhas com doidos. Afinal, eu estava a ver quando me empurrava pela porta fora! Aqui tem o que há a tal respeito. Sirva-lhe de governo, Sr.ª Morgada. Agora, faça por ter mão na manta. A casa é grande; mas tem-se visto acabarem-se casas maiores. O que a fidalga deve fazer é não deixar ir pela água abaixo o seu patrimônio. Aguente-se.

— Não, que eu vou a Lisboa! — exclamou ela batendo o pé, e vibrando murros contra o ar. — Vou a Lisboa, e faço lá o diabo!... Então a tal mulher está numa serra? Vossemecê disse que ela estava numa serra?...

— É serra; mas a terra é bonita. Há por lá árvores do começo do mundo, e cada pedaço de jardim que dava trezentos alqueires de centeio. Chama-se Sintra, está lá o rei e a fidalguia.

— Pois vou lá, que o meu homem é meu — vociferou ela, voz em grita. — Se ele não quiser vir para casa, vou falar ao rei e aos governos.

— Fidalga, pense bem no que faz, e ouça o que lhe diz o senhor seu primo Lopo de Gamboa, que sabe mais do que eu. Daqui me vou a ver a minha gente, e até amanhã, fidalga.

Doida de aflição, a traída esposa mandou logo um criado à casa da Verdoeira chamar o primo Lopo de Gamboa.

Este Lopo, bacharel em Direito, homem de trinta e tantos anos, e sagaz até à protérvia, vivia na companhia do irmão morgado, comendo o rendimento da sua escassa legítima de filho segundo. Tinha mau nome em matéria de mulheres. A bruteza dos espíritos não lhe implicava o exercício de tramoias e bom palavreado com que mareava a reputação de muitas moças, que, à conta dele, ficaram solteiras; e também de algumas casadas, que não conservam as costelas todas.

Calisto desadorava este primo de sua mulher, em razão das suas ruins manhas; não obstante, admitia-o ao seu trato familiar, e consentia que Teodora, uma vez por outra, lhe desse alguns pintos para charutos, já que o irmão morgado lhos não dava, sem lançar o empréstimo a desconto da legítima.

Teodora, conquanto o excedesse em idade uns quatro anos, tinha sido criada com ele, e por suas mãos lhe fizera o enxoval, que o primo levou para Coimbra. Esta poesia de infância converteu-se nela em sentimentos benignos de generosidade para com as privações monetárias do sujeito, algumas das quais lhe remediou liberalmente a ocultas do marido. Mais se afervorou a estima da prima Teodora, quando viu que Lopo, na ausência de Calisto, amiudava as visitas, e lhe fazia companhia ao serão nas noites de inverno.

Mandou, pois, a esposa angustiada chamar o primo Lopo de Gamboa. Já raivosa, já em mavioso soluçar, contou Teodora o que ouvira ao mestre-escola.

— Bem to agourava eu, prima! — disse Lopo, concluídos os queixumes de Teodora. — Eu sei o que são homens. Quando meu irmão morgado e outros santarrões me apontavam como exemplo as virtudes de teu marido, dizia-lhes eu: "Tirem-no da aldeia para Lisboa ou Porto, deixem-no lá estar dois meses, e esperem-lhe pela volta." O Calisto vivia bem com todo o mundo e contigo, Teodora, porque se apaixonou pela livralhada, e encheu a cabeça daquelas velhas arolas dos seus clássicos, e não queria saber de mais nada. E, além disso, dize-me tu, prima, que grande amor era o dele por ti? Passavam-se dias e noites que o não vias, senão enterrado na livraria. Nunca lhe vi fazer-te uma meiguice!

— Pois fazia; estás enganado, Lopo — atalhou D. Teodora, molestada no instinto da sua vaidade de esposa.

— Parecia-te isso, prima, porque tu não viste ainda como os bons maridos acariciam as suas mulheres. Nunca te levou aos banhos do mar, precisando tu de tônicos; nunca te levou a festa nenhuma de Miranda nem de Bragança; sendo tu a mais rica herdeira destes arredores, deixou-te viver para aí sujamente, a cuidar em cevados e galinhas. As senhoras que não te chegam em fidalguia aos calcanhares vivem à lei da nobreza, visitam-se, têm os seus bailes, vão às romarias ricamente vestidas; e tu?... Chorava-me o coração quando vim de me formar, e te visitei, e vim dar contigo a cortar couves para fazer a comida dos patos.

— Isso é porque eu gosto.

— Muito embora gostasses; teu marido não devia consentir que o fizesses. Trabalhar é bom e necessário; mas cada qual trabalha segundo a pessoa que é. As senhoras cosem, bordam, marcam, e dão-se a outros muitos cuidados domésticos e limpos. Os serviços que tu fazias pertencem às criadas da cozinha. De maneira que a tua riqueza não te dava o descanso e bem-estar que desfrutam as pessoas da lavoura. Esta casa parecia-me sórdida; e, apesar das grandes sabenças de teu marido, ainda não vi casados que tão estupidamente vivessem! Aí está agora teu marido a despejar sacas de dinheiro no regaço de uma amásia, e tu aqui de vestido de chita e chinelas; Tu!... de chinelas!... Foi bom que levasses vida de negra vinte anos para ele agora levar em Lisboa vida de príncipe!

— Não há de levar, que eu vou lá! — bradou Teodora assanhada pelas reflexões do primo.

— Não vais, prima, que os teus parentes não consentem que tu vás ser em Lisboa motivo de gargalhadas daquela gente, e maltratada por Calisto. A morgada de Travanca, a filha de Francisco Figueiroa, não vai, como as mulherinhas da ralé, procurar o marido fora de sua casa. Se ele vier, veio; se ele ficar, fique embora. Gaste o que quiser, mas que não gaste a casa de sua mulher. Neste país há leis que separam do mau marido a esposa afrontada, e proíbem que os bens dos Figueiroas sejam desbaratados em devassidões de um extravagante.

— Eu não quero separar-me do meu homem! — balbuciou ela afogada de soluços.

— Também te não aconselho a que o faças por enquanto, prima. Ainda é cedo. Pode ser que teu marido caia em si, e se arrependa. Isto da separação é um remédio extremo, que se há de aplicar no caso de continuarem os saques de dinheiro como até aqui, e os embustes infames com que Calisto te tem enganado. Ai! prima, prima, grande desgraça foi para ti e para mim que te esquecesses do nosso amor de crianças, e tão depressa aceitasses o casamento com este homem! Eu estava a concluir a minha formatura, resolvido a pedir-te, e casar contigo, quer teu pai quisesse, quer não. Nunca to disse; digo-to agora, porque a minha dor me obriga. Não serias tu mais feliz, se casasses com teu primo Lopo?

— Eu sei cá?... — disse ela alimpando as lágrimas.

— Pois duvidas, Teodora?

— Tu tens sido um estroina com mulheres...

— E não sabes por quê?

— Não...

— Desesperado por te encontrar casada, quando cheguei de Coimbra, não tratei mais de me ligar seriamente ao coração de mulher nenhuma. Queria distrair-me, e fazia desatinos que me tornavam ainda mais desgraçado. A minha consolação única era estar alguns momentos ao pé de ti; mas quantas vezes eu saía do teu lado com o coração cheio de fel!... Nunca te disse uma palavra por onde tu desconfiasses o meu estado, pois não?

— Tu o que me dizias às vezes é que estavas aflito por causa de dívidas, eu dava-te o dinheiro que podia arranjar...

— É verdade: foste sempre o meu bom anjo, prima; mas olha que essas mesmas dívidas as fazia eu para poder sair destes sítios; ia para as feiras, para as caldas, para toda a parte à busca de distrações, e não achava coisa que me distraísse de ti o pensamento. Toda a gente da nossa parentela me aborrecia, menos tu. Ora imagina, prima, que tormentosa vida a minha desde os 19 anos! Amar-te, amar-te sempre, e ver-te mulher de outro homem; e, de mais a mais, de outro homem indigno de ti! Céus! que martírio! que martírio!

Lopo cobriu a cara deslavada com as mãos enormes.

Teodora estava como lorpa a olhar para aquilo, sem poder atinar com as sensações atrapalhadas que aquelas palavras lhe causavam.

Ergueu-se o velhaco de golpe, e disse:

— Adeus, prima; eu estou profundamente magoado com a tua desgraça; doem-me mais os teus pesares que os meus. Disse-te o que me pareceu razoável a respeito de teu marido, desse cruel que me roubou a mulher do meu coração, da minha alma, da minha vida, e da minha morte. Adeus, prima!

— Tu vais aflito, Lopo! — exclamou ela, ressaindo do espasmo tolo em que estivera. — Vem cá; se te aconteceu alguma desgraça, remedeia-se como puder ser.

— Há doenças sem remédio, prima. A minha é mortal.

— Então que tens, primo?

— Dói-me a certeza de que estou morrendo desde o primeiro dia da tua união com este homem!... a certeza de que o hás de amar sempre, ainda que ele te despreze como já te desprezou.

— Pois se ele é o meu homem recebido à face do altar!...

— Por isso, por isso, é que eu perdi o teu amor, Teodora!...

— Pois eu sou casada, bem no sabes, senão teria casado contigo.

— Não falemos mais nisto — atalhou com muita serenidade Lopo. — Já chorei, e fiquei melhor! — continuou ele esborrachando os olhos até eles reverem água. — Estas lágrimas estavam aqui no peito há vinte anos. Foi bom que tu as visses para que saibas que o homem que chora por ti bem mais te merecia que o outro que te despreza... Queres mais alguma coisa de mim, prima? Queres que eu escreva a teu marido, e lhe diga que seja honrado e digno da melhor das esposas? Queres que eu mesmo o vá procurar a Sintra?

— Se tu lá fosses, Lopo, não seria mau! — disse ela.

Lopo de Gamboa, como grande farsola que era, sentiu impulso de desfechar uma risada na cara da prima. O homem viu-se ridículo até onde a consciência de um malandro se pode ver a si mesma.

Reteve-o, porém, a coerência do seu plano. Resolutamente disse que iria a Sintra, bem que nenhum sacrifício lhe pudesse ser mais cruelmente imposto ao coração.

— Irei — disse ele — irei buscar o marido da mulher que adoro. Venha mais esta punhalada da tua mão, prima.

— Valha-me Deus! — exclamou ela aflitivamente. — Tu

dizes-me coisas que me fazem endoidecer! Pois tu não vês que eu já não posso dar o meu coração a outro enquanto for casada com um?

— Vejo que me não amaste nunca, Teodora. Dize a verdade... Nunca me tiveste amor?

— Eu sei cá, primo... Se me casasse contigo, tinha-te amor... Assim como casei com o meu marido, que hei de eu fazer agora?

— Matar-me! — disse com veemência Lopo, deixando cair os braços, e descendo ao chão os olhos amortiçados.

— Ai! que pecados os meus! — exclamou Teodora. — Eu não sei o que te hei de fazer, Lopo!

— Dize-me quando queres que eu parta para Lisboa — tornou ele gravemente.

— Então sempre queres ir, primo?

— Amanhã, hoje, quando quiseres.

— E não te custa?

— E a ti não te custa que eu vá?

— Eu queria que fosses, a ver se trazias para casa aquele perdido.

— Irei, já to disse.

— Então eu vou buscar-te dinheiro, primo. Quanto queres tu levar?

— Nada, prima. Se alguma vez aceitei as tuas franquezas, foi porque tu ignoravas quanto eu te amava, e eras minha próxima parenta, filha de uma prima de minha mãe. Hoje que sabes que te amo, não posso, não me consente a minha honra que receba de ti o mais pequeno favor de dinheiro.

— Então não quero que vás — acudiu ela — que tu não podes ir à tua custa...

Neste comenos, Teodora escuta muito atenta um rumor de campainhas, e brada:

— É uma liteira! Será o meu homem?

Corre a uma janela; o primo vai depós ela; afirmam-se na liteira que desce uma congosta, e reconhece Calisto Elói, não pela figura, mas porque uns rapazes vinham adiante gritando que era o fidalgo. Teodora expede três ais, que pareciam de ave noturna, e perde os sentidos. Lopo amparou-a nos braços, foi sentá-la numa cadeira encourada de espaldar alto, e desceu ao pátio a receber nos braços o primo Calisto de Barbuda.

XXX

Como ela o amava!

O morgado previra o seguimento funesto da desabrida recepção e despedida que deu ao mestre-escola.

A sua felicidade era daquelas que o possuidor receia, a cada hora, perder; e o desacordo com sua mulher podia redundar-lhe em dissabores grandíssimos. De todos, o que ele mais se temia, — o dissabor por excelência monstruoso — era a vinda de Teodora a Sintra, a isso aguilhoada por o professor de primeiras letras, azedado pelo desprezo. Envergonhava-se ele, além de muitas outras vergonhas, que a morgada de Travanca lhe aparecesse em Sintra com a cintura do vestido sobre o estômago, com as ancas desprovidas de balão, com a cara encavernada num chapéu de 1832, que lá chamavam barretina, de imensas orelhas de palha amarelada pelo rodar dos anos. Era-lhe aviltante o caso aos olhos de toda a gente, e especialmente aos de Ifigênia.

Para prevenir esta e outra calamidades, saiu Calisto, caminho de Caçarelhos, quatro dias depois de Brás Lobato, e a fim de encurtar tempo, embarcou no vapor, e do Porto para cima acelerou as jornadas, repousando poucas horas. Contava ele antecipar-se ao mestre-escola. Chegou tarde; mas o coração da esposa estava ainda aberto.

— Tua senhora desmaiou de alegria, primo; — disse-lhe Lopo de Gamboa — estava chorando comigo quando ouvimos a guizalhada da liteira. Muito te quer a nossa santa prima! Boas as fizeste por lá... Olha que o patife do mestre--escola veio contar tudo!

— Já chegou?!

— Hoje às cinco da tarde.

— Que disse?

— Contou que tens lá em Sintra uma mulher teúda e manteúda...

— Que infame embusteiro! — clamou o fidalgo. — Chama-me um lacaio, que lhe vou mandar cortar as carnes com um tagante! Merecia-o! Mas quem deu cá o lacaio? Assim dialogando, entraram à sala em que D. Teodora estava ainda muitíssimo entalada de soluços.

— Então que é isto, Teodora?! — perguntou brandamente Calisto, pondo-lhe as pontas dos dedos na face.

Ergueu-se ela arrebatada, e pendurou-se-lhe ao pescoço exclamando:

— Meu Calisto, meu Calisto, cuidei que te não tornava a enxergar!

— És tola, prima! — disse ele, assaz incomodado com o apertão do braço. — Pois eu não havia de tornar?! Quem te meteu essa na cabeça?

Teodora entrou a encarar no homem muito de fito, rompeu num choro desfeito.

— Que tens tu? — perguntou ele.

— Como tu estás mudado! Não me pareces o meu homem!... Corta essas barbas; por alma de tua mãe, corta-me essas barbas, que pareces o diabo, Deus me perdoe!...

Calisto sorriu-se, com um profundo tédio de sua mulher. Naquele instante alanceou-o mortalmente a saudade de Ifigênia. Aquela casa de Caçarelhos e a mulher pareceram-lhe um retalho do inferno, daquele inferno alagado e frio de que fala o padre Antônio Vieira.

Começou a passear na sala, e a despedir baforadas de ansiada respiração do peito. A mulher não lhe despregava os olhos das barbas, e de vez em quando arrancava um ai das entranhas.

— A falar verdade — observou Lopo de Gamboa — estás um homem completamente diferente! E o caso é que pareces mais novo! Já nem andas corcovado, nem tens aquela proeminência da barriga. Olha os ares de Lisboa o que fazem, primo Barbuda!

Calisto exprimia o seu nojo de tudo aquilo, sorrindo-se. Tirou da algibeira um charuto, e acendeu um fósforo. Eis que a mulher rompeu em mais desentoada choradeira, dizendo:

— O meu homem a fumar!... Que feitiçaria te fizeram, Calisto!...

— De maneira — disse o morgado vencido pela impaciência — de maneira que me recebes com choradeiras, e observações estúpidas, Teodora! Ora acabemos com esta feia comédia, e manda-me preparar jantar, que preciso comer e dormir.

Saiu Teodora cabisbaixa da saleta, e Lopo de Gamboa despediu-se, pedindo-lhe que tolerasse com generosidade as tolices de sua prima, que tudo aquilo nela era rudeza e bondade do coração.

— Bem sei, bem sei... — disse Calisto Elói, e recolheu-se à sua biblioteca, a principiar uma carta, que dizia:

"Minha querida Ifigênia.

Não te asseguro três horas da minha vida, se me disserem que hei de aqui viver três dias. Não é enojo, é pior, é horror o que me faz tudo isto! Deixa-me pedir coragem ao teu retrato. Ó imagem da filha do meu coração, salva-me, resgata-me, arranca-me deste túmulo! Ó consoladora desta agonia sem nome, vale-me, tem mão nesta vida que me foge..."

Entrou Teodora esbofada de dar ordens, de cortar o presunto, de ir à cesta dos ovos, de andar à pilha da mais gorda galinha.

Correu a abraçar-se outra vez nele com mais possante entusiasmo, enquanto o marido com um braço a cingia ao peito, e com o outro escondia o retrato.

— Meu Calistinho — suspirava a esposa palpitante — meu amado marido, não tornes mais para Lisboa, eu não te deixo sair mais de tua casa!...

— Que remédio senão ir, Teodora!... — disse ele. — Sou obrigado por esta desgraçada posição de deputado a assistir mais algum tempo na capital.

— Não é isso, não é isso — clamou ela, saindo-lhe dos braços, que a largaram facilmente. — Bem sei o que é...

— Sabes o quê? — interrompeu com violentada placidez o marido. — Sabes as calúnias que te veio contar o Brás, o vilão que se vingou como canalha por lhe eu não arranjar o hábito de Cristo! É o que faltava! Pendurar a imagem da cruz num peito cheio de tanta porcaria!... Então que te disse ele?...

— Que tinhas lá outra... e que te viu a passear com ela.

— Viu-me a passear com uma nossa parenta, viúva de um general. Quem disse ao javardo que esta senhora era minha amante? Hei de perguntar-lho diante de ti. Manda-o chamar à minha presença.

— Agora mando! que o leve a breca! — disse Teodora com alegre aspecto. — Como tu vieste, foi o que eu quis; agora, pilhei-te cá, e não te deixo ir embora. Mas tu hás de cortar essas barbas, sim? e não estejas a fumar isso, que me fazes embrulhar o estômago, não?

O tom e gesto caricioso, com que ela dizia isto, não moveu medianamente o esposo. Impava de zangado e aborrecido dos lânguidos amorinhos com que a meiga senhora se lhe quebrara langorosamente nos braços.

— Eu precisava escrever umas cartas que ainda hoje hão de ir para Miranda — disse ele, afastando brandamente a esposa — Vai-te embora, e logo conversaremos.

Teodora estava num daqueles elevados graus de amoroso sentimento, em que a mulher menos esperta conhece que é desamada. Repelida daquele modo, ainda as lágrimas lhe vidraram os olhos; mas o despeito secou-as.

— Não me podes ver à tua beira! — disse ela com altiveza. — Vê-se mesmo na tua cara que me aborreces! Ainda agora chegaste, e já estás a falar na ida para Lisboa. Escusavas então de cá vir. Mal haja a hora em que saíste desta casa. Já não tenho marido!...

Neste ponto, não pôde represar as lágrimas. Acocorou-se no chão a chorar, com a cara metida entre os joelhos.

Calisto saltou da cadeira num empuxão de raiva, e passou à sala imediata, gesticulando com frenéticos sacões de braços.

— Que diabo vim eu aqui fazer? — dizia entre si o desesperado.

O demônio da expiação já andava às cavaleiras do homem. A saudade de Ifigênia era uma serpente de fogo que lhe abafava os respiradouros das goelas.

XXXI

Vence o demônio! Choram os anjos!

Para distrair-se do suplício de alguns dias, Calisto Elói, sem consultar a esposa, entretinha-se a ajuntar os cabedais espalhados por mão de lavradores e a remir alguns foros, que somaram considerável quantia.

Teodora presenciava com sufocada ira as diligências do marido, e acautelava o saco das peças de duas caras, que trouxera de casa de seu pai, tesouro antigo na família de Travanca, trazido por seu bisavô, governador do Brasil. Era um dos soberanos gozos de Teodora adicionar mais uma peça de D. Maria e de D. Pedro III às mil e duzentas que seu bisavô reunira. Bem que o marido respeitasse sempre aquele pecúlio, Teodora receava muito que os respeitos de outro tempo não pudessem nada agora com ele, e dispôs-se a resistir a todo o transe ao sacrilégio.

Não carecia o morgado de lançar mão de alguma verba do patrimônio de sua mulher: tinha muito que explorar no propriamente seu, antes de alienar alguma das quintas; no entanto, quando a consorte abespinhada lhe disse que as peças eram dela, e não cuidasse ele que as havia de levar, Calisto encarou na mulher com tal enchente de ódio, e logo desprezo, que lhe voltou as costas para lhe não redarguir.

Daí em diante, nas quarenta e oito horas que o morgado se deteve em Caçarelhos, baldaram-se as tentativas conciliatórias de Teodora. Fechado no seu quarto, que ele desde a chegada fizera propriedade sua exclusiva, ou encerrado na biblioteca, onde escrevia monólogos saturados de lágrimas, em vão a esposa o espreitava pelos orifícios das fechaduras, e lhe assoprava suspiros dignos de mais humano marido.

No dia da partida, a despedaçada senhora experimentou um ataque de eloquência. Entrou com o almoço no gabinete do marido, e bradou:

— Então que é isto? Entendamo-nos.

— Isto quê?

— Sempre vais para a vida perdida?

— Vou hoje para Lisboa — respondeu serenamente Calisto Elói, dobrando em maços os títulos de sua casa.

— E então da tua mulher não queres saber mais nada?

— Minha mulher fica em sua casa, e eu vou cumprir os meus deveres como deputado.

— Mas eu não quero saber disso.

— Então que queres tu saber, prima Teodora?

— Quero saber a lei em que hei de viver.

— Vive na Lei de Deus.

— E tu na do diabo, hein?

— Berra pouco.

— Hei de berrar o que eu quiser.

— Pois berra, que eu não te hei de ouvir muito tempo.

— Se isto é assim, quero separar-me.

— Separa-te.

— Vou para o morgadio de Travanca.

— Pois vai.

— Cada qual fique com o que é seu.

— Pois sim. Leva daqui o que for teu.

A desesperação de Teodora aumentava à medida que a fleuma do marido lhe cravava o dardo do desengano no coração ainda fiel. Começou a pobre mulher a saltar no pavimento, sem proferir sons articulados. Expedia uns grunhidos roucos, que fizeram pavor a Calisto. Este feiíssimo trejeitar desfechou num insulto nervoso, com sintomas epilépticos.

A comiseração feriu as estragadas entranhas do morgado. Foi apanhar a mulher do chão, reteve-lhe os braços que escabujavam, e levou-a dali para um leito, onde a deixou entregue às criadas e ao primo Lopo de Gamboa, que vinha entrando.

Passada a crise, Teodora ardia em febre, e dava pouco tino das pessoas que a rodeavam. Pareceu-lhe, porém, sentir um beijo nas costas da mão esquerda; e, olhando apressada na suposição de que era o marido, viu o rosto lastimoso do primo Lopo, que lhe disse a meia-voz:

— Esquece o ingrato, prima!... Guarda a tua vida para quem te ama!...

Calou-se, porque entrava uma criada com um chá de cidreira e macela. Tomou ele das mãos da criada a chávena, e misturou o xarope a Teodora, que o foi bebendo com muitos vágados da cabeça desfalecida para sobre a espádua de Lopo, que se ajeitara para ampará-la.

À hora final Calisto entrou no quarto, e não se comoveu. Disse algumas breves e secas palavras de despedida, acrescentando que, fechado o segundo ano da sua legislatura, viria para casa.

Teodora ainda balbuciou:

— E deixas-me assim doente, homem?

— Esse incômodo é passageiro, prima. Logo que tu reflexiones um pouco, levantas-te curada. Mal da Pátria, se os deputados casados obedecessem aos caprichos das mulheres, que lhes impedem irem onde o dever os chama! Pensas assim, porque foste educada rusticamente. Era minha tenção tirar-te daqui, levar-te para terra de gente, dar-te alguma educação, para depois te poder levar comigo para qualquer terra culta; vejo, porém, que desatinas e te fazes criança numa idade imprópria de ciúmes.

— Olha que não és mais novo que eu! — bradou ela. — Tens 44 e eu 40.

— Está bom, está bom — obviou ele — não discutamos idades. O que se segue é que ambos envelhecemos: razão de mais para justificar a toleima dos teus zelos e desconfianças... Não posso demorar-me, que já aí está a liteira, e a jornada de hoje é muito grande. Adeus. Primo Lopo, olha tu se dás juízo a tua prima, e manda-me no que quiseres em Lisboa.

— Parece-me que me não pões mais os olhos, Calisto! — clamou ela com profunda angústia.

— Adeus, adeus, minha tola; não penses em tal.

E saiu alegre como o encarcerado da prisão de longos anos. As asas cândidas de Ifigênia sacudiam-lhe do espírito saudades e remorsos.

XXXII

A virtude de Teodora em paroxismos

Em outubro daquele ano, a frisa 16 do teatro de S. Carlos expôs uma cara desconhecida de todos, exceto de alguns rapazes da nata social que a tinham visto de relance, entre as aves e flores de Sintra.

Era Ifigênia, a formosa no novo mundo, que uns chamavam a feição genuína da Circássia, outros a romana herdeira do perfil correto das Faustinas e Fúlvias; e os mais circunscreviam a sua admiração à mulher dispensando-se de lhe esquadrinhar o tipo.

De feito, Ifigênia era beleza das que somente se assemelham propriamente a si.

Ao lado desta mulher estava um homem, cuja nobre e fidalga presença abonava e encarecia a qualidade da dama: era o morgado da Agra de Freimas, Benevides de Barbuda.

A opinião pública da plateia e camarotes estava ou duvidosa ou indecisa. Aqui dizia-se que Ifigênia era parenta do cavalheiro; além desdouravam-lhe a posição, sem contudo os rostos se voltarem corridos do escândalo.

Ifigênia, à saída do teatro, entrava numa luxuosa caleche tirada por hanoverianos soberbos. Calisto Elói apertava a mão da dama, e entrava noutra sege. A caleche parava na rua de S. João dos Bem Casados, no pátio de um palacete; o morgado apeava da sege em frente do hotel inglês, a Buenos Aires.

As pesquisas cincavam nesta diversidade de paragens. Sabia-se que o deputado frequentava o palacete a horas em que se visitam senhoras cerimoniosamente. Sabia-se que morava ali a viúva do general Ponce de Leão, o qual morrera ao serviço do Brasil. A pouco e pouco, a maledicência ajuntou à admiração o respeito.

Uns parentes do general, porventura filhos daqueles que se entrelembravam de terem sido procurados por uma viúva, levaram os seus cumprimentos ao palacete de S. João dos Bem Casados. Ifigênia fez-lhes saber pelo seu escudeiro que lhes agradecia a delicadeza e a honra do parentesco. E mais nada.

Ora, Calisto Elói, sem embargo da seriedade e gentil compostura de sua pessoa, não podia de todo poupar-se ao riso de certas pessoas da plateia. Estava ali gente que o ouvira fulminar no Parlamento o teatro lírico, e nomeadamente a Lucrécia Bórgia. Estava quem se lembrasse daquelas calças de polainas assertoadas de madrepérola, e do farfalhoso colete, e das pantalonas axadrezadas do aljubeta Nunes & Filhos. O doutor Libório, do Porto, principalmente, ainda estomagado da reprimenda, saboreava a vingança, indigitando-o à hilaridade dos camaradas parelhos em nascimento e estilo.

Numa noite, Ifigênia reparou na atenção e nos sorrisos de um grupo. Ao voltar a vista para seu primo, encontrou os olhos dele, com uma tempestade sobranceira, que era o avincado profundo da testa. Andava por ali naquela fronte sangue de Trás-os-Montes, sangue de Barbudas.

Calisto estremara o doutor Libório de Meireles, entre a roda dos peraltas, que bebiam da garrafeira do paternal tendeiro, prodigalizada ao filho das esperanças suas e da Pátria.

Num intervalo, saiu Calisto Elói do camarote, e, como não encontrasse no pórtico nem nos corredores o risonho deputado portuense, entrou à plateia.

Avizinhou-se de Libório, que o encarou com semblante de cor incerta.

— O colega por aqui? — disse o doutor. — Reminiscências me não acodem de havê-lo visto na plateia!

Calisto, sem o fitar no rosto, respondeu:

— Venho ver as dimensões das suas orelhas.

— Como assim!... — balbuciou Libório.

— Tenciono puxar-lhas até à boca, no propósito de tapar com elas um riso alvar que vossa mercê tem, e que me incomoda grandemente. Veja lá se a operação lhe convém aqui ou lá fora.

— Não compreendo a razão do insulto! — disse Libório.

— Será lá fora — concluiu Calisto e saiu.

A gente que rodeava o doutor portuense comportou-se bem: cada qual dizia de si para consigo que, se o caso fosse com ele, o provinciano engoliria a injúria com uma bala; assim, como não era com eles o caso, Calisto mereceu a Deus a felicidade de não ser varado de balas.

O que passa como certo é que Libório nunca mais franziu um riso voltado para a frisa de Ifigênia.

Numa dessas noites, estava na frisa fronteira à de Calisto a família Sarmento. Adelaide não despregava o óculo de Ifigênia, salvo quando Catarina lho tirava da mão, para lho assestar.

Calisto exultava de delícias incomparáveis. Era a vingança, a carapinhada dos deuses num meio dia de julho, a vingança de amador menoscabado. Este cuidar que se vingam, mulheres e homens, é inépcia de marca maior, a que não houve esquivar-se aquele sujeito de condição muito ajuizada, se o confrontamos com outros, a quem o amor aleijou de todo em todo.

Reparou Calisto que no camarote de Duarte Malafaia, marido de D. Catarina Sarmento, entrara um sujeito que lhe não era desconhecido. Examinou-o com o binóculo, e reconhecera aquele D. Bruno de Mascarenhas, a quem ele se apresentara na qualidade de anjo custódio de D. Catarina. Sorriu-se o morgado para dentro porque lhe já não ficava bem indignar-se por dentro nem por fora. A esposa de Duarte, segundo parecia, raro relance de olhos desfechava sobre o perturbador da sua consciência de outro tempo. O morgado entendeu que a esposa regenerada reincidira na velha culpa. Enganara-se.

Permanecia ainda o salutar efeito da façanha moralizadora de Calisto Elói. Bruno era odioso a Catarina: o anjo advogado dos maridos a estava sempre lustrando com as lágrimas do arrependimento. Não sei se o morgado da Agra levará ao desconto do juízo final duas ações que pesem tanto como esta na balança.

Passaram dois meses sem que D. Teodora escrevesse ao marido. Embargada no leito pela enfermidade, que a pôs em começos de tísica, a pobre senhora, esteada no amparo da piedade, fazia penosas promessas a santos da sua particular devoção, pedindo-lhes a amizade e restituição do marido. Desta feita, pelo que a gente está vendo, os santos não levaram a melhor da legião de demônios que ressaltam dos olhos de uma brasileira galante. Não obstante, a proteção dos privados do céu valeu-lhe o levantar-se da cama, e convalescer-se com leite de jumenta e óleo de fígado de bacalhau. Mas o coração estava ainda, e cada vez mais, encancerado; a saudade crescia consoante a ausência e desprezo do marido aumentavam.

Porventura, aqueles santos tão rogados estavam em volta dela a defendê-la das tentações do primo Lopo. Já Teodora o repulsava desabridamente, quando se via no risco de ser abalada em sua fidelidade. A pervicácia, porém, do astuto negociador de seus vilíssimos interesses, servidos por infames lágrimas e exclamações compungentes, alguma vez a apanhou de salto quase desprotegida do escudo celestial.

Mas — honra à virtude que cai mais tarde que o costume! — honra à virtude de Teodora, que lhe punha sempre diante dos olhos, nas conjunturas perigosas, a imagem do marido, e de sua mãe e avós, todas esposas imaculadas!

Passemos a esponja por sobre Penélopes e Lucrécias.

Começou Calisto a receber cartas de sua mulher. Algumas, que abriu, não pôde digeri-las. Como a dor sincera não costuma ser eloquente, nem a ortografia da filha do boticário exprimia com certeza as singelas lástimas de Teodora, o cru marido queimava as cartas para desmemória eterna.

XXXIII

Escândalos

Abriram-se as Câmaras.

A oposição espantou-se de ver o deputado por Miranda conversando muito mão por mão com os ministros. O abade de Estevães ousou perguntar ao seu colega, amigo e correligionário, de que rumo estava. Calisto respondeu que estava no rumo em que o farol da civilização alumiava com mais clara luz. O desembargador do eclesiástico redarguiu com admoestações benévolas. O morgado sorriu-lhe na cara veneranda, e disse-lhe:

— Meu amigo, abra os olhos, que não há martirológio para as toupeiras. As ideias não se formam na cabeça do homem; voejam na atmosfera, respiram-se no ar, bebem-se na água, coam-se no sangue, entram nas moléculas, e refundem, reformam e renovam a compleição do homem.

— Segue-se que está liberal? — perguntou o pávido abade.

— Estou português do século XIX.

— Apostatou! — disse com pesar mui estranhado o padre. — Apostatou!...

— Da religião dos néscios.

— Mercês! — acudiu o abade.

— Sem direitos — retorquiu o sardônico Barbuda.

Não tornaram a falar-se, até um dia do ano seguinte em que o padre, despachado cônego da Sé patriarcal de Lisboa, aceitou o parabém e o sorriso pungitivo de Calisto Elói.

Na primeira votação importante para o ministério, Calisto

Elói defendeu o projeto que era vital para o Governo, e fez-se desde logo necessário à situação. Orou, por vezes, com seriedade tal de princípios, que não servem para romance os seus discursos. Explicou a profissão da sua nova fé, respeitando as crenças políticas dos seus antigos correligionários. Disse que escolhia o seu humilde posto nas fileiras dos governamentais, porque era figadal inimigo da desordem, e convencido estava de que a ordem só podia mantê-la o Poder Executivo, e não só mantê-la, senão defendê-la para consolidar as posições, obtidas contra os cobiçosos delas. Reflexionou sisudamente, e fez escola. Seguiram-se-lhe discípulos convictíssimos, que ainda agora pugnam por todos os governos, e por amor da ordem que está no Poder Executivo.

Preparava Calisto um projeto de lei para a abolição dos vínculos, quando recebeu a seguinte carta de Lopo de Gamboa:

"Primo amigo.

Recomendaste-me que desse juízo a tua senhora e minha prima. Contra paixões não há conselhos. Tu lá o sabes por teoria e experiência, como eu que não tenho dado mau burro ao dízimo, em coisas do coração.

Preguei-lhe prudência, conformidade e paciência. O abade também lhe citou exemplos admiráveis de esposas santificadas pela ingratidão dos maridos. Não conseguimos nada. Cada vez te ama com mais furor. Diz que te há de ir buscar às entranhas da terra e aos abismos do báratro. Isto vai de galhofa; mas eu tenho sincera pena da nossa pobre prima. Desculpo-te, porque és homem, porque amas outra mulher, e porque esta realmente deve pouco à formosura e graças. Não sou de rodeios: digo o que sinto.

Contou-me o primo Gastão de Vilarandelho que te vira em S. Carlos, e contigo no camarote uma deidade arrebatadora. Se é essa a rival da Teodora, quem ousará chamar-te ao caminho da probidade conjugal?! Já agora, só milagre. Nas nossas idades, meu amigo e primo, amores que entram, não há juízo purgativo que os ponha fora do corpo.

Vamos agora ao que importa.

Está tua senhora resolvida a ir procurar-te a Lisboa. Tenho

tido mão dela; mas já não posso. Como lhe não respondeste à carta, desesperou-se, declarou-te guerra de morte, e tens que ver com uma mulher furiosa. Fiz-lhe ver que pode ser mal recebida e desprezada. Responde que quer esganar quem lhe roubou seu marido. Está doida; mas quem há de contê--la?! Alguns parentes nossos dão-lhe razão: é o diabo isto; espicaçam-na, e ela volta-se contra mim, dizendo que sou um patife como tu. Isto é bonito!

Em divórcio não quer que lhe falem. Diz que quer o seu homem e não há tirá-la daqui.

Prevejo os cruéis desgostos que te vai aí dar, além das vergonhas. Disse-lhe que não fosse, sem se vestir ao estilo das senhoras de Lisboa. Não quer. Aparece-te aí goticamente vestida, com o fatal vestido do casamento, e o fatal chapéu, que é um monstro de palha. Há dois anos te dizia eu que vestisses tua mulher senhorilmente. Respondias-me que os melhores enfeites de uma virtuosa são as virtudes. Agora, atura-a. Se ela aí for vestida de virtudes, dize lá a essa gente que se não ria dela.

E se tu tens de a ver a testilhas com essa diva, que enquanto a mim não é casta? Então é que elas são, primo Barbuda! Sobre arranhaduras, escândalo! A tua posição seria feita ludíbrio da canalha. Os jornais a fustigarem-te, e tu com a cabeça partida! Eu imagino-me na tua situação, e tenho horror.

Que hás de tu fazer nesses apertos? Tens uma boa cabeça; mas eu estou mais a sangue-frio para te aconselhar. O meu parecer é que saias de Lisboa com essa dama, e vás para onde Teodora não te veja o rasto. Olha que vai com ela o tio Paulo Figueiroa de Travanca, besta finória que há de dar contigo, se te não esconderes a bom recado.

A lealdade impôs-me o dever de te dar esta má notícia. Mais má seria, se ta levasse tua senhora. Sei que outra pessoa te faria reflexões inúteis; mas eu tenho obrigação de conhecer os homens. No entanto, faze o que teu bom juízo te sugerir.

Teu primo muito dedicado

Lopo."

No dia seguinte, Calisto pediu licença à Câmara para retirar-se por algum tempo de Lisboa, a cuidar de sua saúde.

Ao outro dia embarcou para França.

Perguntava-lhe Ifigênia, contente da repentina deliberação:

— Por que é isto, primo? Nunca me falaste em visitarmos Paris!

— Quis dar-te o prazer da surpresa. As melhores coisas, muito pensadas antes de possuídas, desmerecem quando se possuem.

Partiram.

No palacete da rua de S. João dos Bem Casados, ficou governando os criados aquela Sr.ª D. Tomásia Leonor, que fora já desde Sintra recebida como dispenseira e aia de Ifigênia.

XXXIV

Perdida!...

Para leitores entendidos na maldade humana, a carta de Lopo de Gamboa é uma refinada e suja bargantaria, estudada e escrita com um despejo não vulgar em bacharéis daqueles sítios. Aquele homem, se tivesse nascido em terras onde floresce a centralização dos biltres, morria com um nome para lembrança duradoura. Assim, nascido naquelas serras, onde não apegou ainda romancista de medrança, se o eu não transplantar para a corja dos birbantes das minhas novelas, o homem escorrega lá da serra no inferno, sem que a pública execração o cubra de maldições.

Repulso do coração da prima, que incessantemente se estava entregando à proteção dos santos, mudou o plano das insídias, incitando-a a procurar o marido em Lisboa, como último desengano e final afronta. Convinha-lhe que a pobre mulher afogasse em lágrimas as últimas e mais entranhadas raízes da sua pureza.

Em companhia de um velho inexperiente e crédulo, o honrado Paulo de Figueiroa, que nunca saíra das ruínas solarengas de Travanca, meteu-se D. Teodora ao caminho de Lisboa. Deu um jeito às abas do chapéu que se entortara na canastra esquecida, lavou as fias e a palha com chá da Índia, arejou o bafio do vestido de veludo que embolorecera no inverno passado, e deste jeito entrajada se encaixotou na liteira, defronte do tio, que tinha a sinceridade de achar sua sobrinha muito bonita, vestida assim à moderna.

Nas diferentes vilas que atravessou até ao Porto, D. Teodora prendeu o espanto público. Muita gente, aliás urbana, ria-se a cair. Onde parasse a liteira, o gentio fazia-lhe roda, e queria saber donde vinha aquela criatura incomparável. Teodora, à entrada de Penafiel, a pedido respeitoso do liteireiro, tirou o chapéu e cobriu a cabeça com um lencinho de três pontas. Ainda assim, o vestido de veludo cor de ginja dava nos olhos. Os padres de Penafiel, quando avistaram a liteira, cuidaram um momento que vinha ali alguma preeminência eclesiástica, como cardeal, ou coisa assim. A desarmonia do lencinho com o vestido ofendia o belo ideal, e a simetria plástica das damas da terra, as quais, ao verem-na saltar da liteira para o pátio da estalagem com o chapéu semelhante a um cabaz de cavacas das Caldas, soltaram grande estralada de riso. As meninas da estalagem, condoídas do aspecto doentio e honesto da viandante, informaram-se da qualidade da pessoa, e romperam no louvável excesso de se insinuarem na fidalga, para lhe pedirem que se vestisse de outra maneira.

Acedeu sem repugnância Teodora. As risadas francas do povo haviam-na amolecido. O velho também votou pela reforma dos trajos. E, como ali pernoitasse e deliberasse esperar o dia seguinte, deu tempo a que a provessem de chapéu razoável, e vestido com o competente paletó de seda, nas quais coisas colaboraram todas as modistas da terra.

Regenerada pelo vestido, parecia outra. As meninas pentearam-lhe os opulentos e negros cabelos à Stuart, segundo elas disseram. Descobriram-lhe a fronte bem talhada. Deram-lhe umas lições de pisar e arregaçar-se, para a desacostumarem de ir com os pés sobre a orla do vestido, ou mostrar os calcanhares na andadura. O merinaque foi um golpe certeiro no desaire da fidalga de Travanca. Ela mesma, olhando em si, dizia no secreto da sua consciência ilustrada em Penafiel:

— Eu assim estou melhor, isso é verdade!

O tio Paulo torcia um pouco o nariz ao merinaque, dizendo:

— Pareces-me uma boneca de roda de fogo! Tens aleijados os quadris, salvo tal lugar! Mas se é moda, deixa-te ir assim, menina, até Lisboa; porém, quando entrares em casa, manda espetar esses arcos num pau, para espantar os pardais da sementeira.

Como o velho fidalgo desejasse ver o mar, resolveram ir para Lisboa no vapor. Teodora, quando principiou a enjoar, pediu os sacramentos; animada, porém, com as risadas de outras senhoras, convenceu-se que não era mortal a sua aflição.

Hospedaram-se no cais do Sodré. D. Teodora, não obstante a ansiedade em que ia de avistar-se com o marido, cuidou em reparar as forças com um dormir daqueles que a Providência concede às consciências puras e às pessoas que desembarcam enjoadas.

Paulo de Figueiroa saiu para a rua, no intento de informar--se da residência de Calisto. Porém, como encontrasse na rua do Alecrim um macaco encavalgado num cão, que trotava a compasso de realejo, deixou-se ficar pasmado no espectáculo; depois, foi subindo até ao largo das Duas Igrejas, e quedou-se a ouvir um cego de óculos verdes que pregoava e referia o sucesso negro de um homem que matara seu avô. Terminava o cego, oferecendo a notícia impressa, onde tudo estava declarado. Comprou o fidalgo da Travanca a pavorosa notícia, e esteve largo tempo a soletrá-la, sentado à porta da igreja do Loreto.

Terminada a leitura, o velho disse entre si:

— Isto é má terra! Tomara-me eu daqui para fora!... Os netos matam os avós...!

Chamou um galego, que o guiou ao palácio das Cortes. Perguntou ao porteiro se estava lá dentro o deputado Calisto Elói, morgado da Agra de Freimas.

— Não sei — disse mal encarado o funcionário.

— Eu sou tio dele; faça favor de lhe ir dizer que está aqui o tio Paulo de Figueiroa.

— Não posso lá ir — volveu o porteiro, mais brando. — Peça àquele Sr. Deputado, que aí vem, que lho diga.

Paulo dirigiu-se a um sujeito de exterior sacerdotal. Era o abade de Estevães.

— Essa pessoa está fora de Lisboa, creio eu — disse o deputado — pelo menos pediu licença às Câmaras para retirar-se.

— Iria para casa? — perguntou o velho.

— Creio que não. Então o senhor é tio dele?

— Sou tio dele em terceiro grau, e sou irmão do pai da mulher dele, para o servir.

— Pobre senhora! — murmurou compassivamente o padre. — Ela perdeu um excelente marido, e o partido legitimista um estrênuo defensor.

— Então meu sobrinho — atalhou Paulo — já não é legitimista?!

— Qual! fez-se um malhado acérrimo. Está com esta gente, e de mais a mais fez-se governamental!...

— Oh! que maroto!...

— E tudo isto, meu caro senhor, deve-se à desmoralização de uma mulher, que lhe tirou o juízo e a dignidade, e lhe há de dar cabo da casa. Apresenta-se com ela nos teatros, e tem-na em palacete com carruagem montada, e lacaios e estado de princesa. E a pobre senhora lá na província a economizar as rendas, que ele está por cá dilapidando!...

— Minha sobrinha veio comigo — observou o velho.

— Veio?! Coitada da infeliz senhora! Quanto desejava eu poder ir cumprimentá-la; mas, como estou indisposto com o Sr. Barbuda, não quero que ele me julgue capaz de irritar sua consorte com os meus despeitos. Pois, senhor, se sua sobrinha quiser ver a pompa e luxo com que está vivendo a manceba de seu marido, que vá à rua de S. João dos Bem Casados, e veja o palácio que está ao cimo da rua, onde os vizinhos dizem que mora a chamada "fidalga brasileira".

— Faz favor de tornar a dizer? — pediu Paulo desenrolando o nastro de uma enorme carteira escarlate, para fazer nota da residência da brasileira.

— Se eu lhe prestar de alguma coisa, aqui estou como principal amigo que fui do desgraçado Sr. Calisto Elói — ajuntou o abade de Estevães.

Ao fim da tarde deste dia, D. Teodora, que fremia de raiva desde que o tio lhe revelou as informações do padre, entrou com o velho numa sege de praça, por lhe dizerem que era muito longe a rua S. João dos Bem Casados.

Apeou à porta do palacete, que um logista lhe indicou. Perguntou ao criado, que lhe falou por um postigo da cavalariça, se estava em casa o Sr. Calisto.

— Não mora aqui — disse o lacaio.

— Mora aqui! — teimou D. Teodora.

— Já lhe disse que não mora aqui — recalcitrou o criado.

— Então aqui não está uma mulher viúva?

— Mulher viúva?

— Sim.

— Está lá em cima uma mulher viúva, que é a governante da casa.

— Essa mesma é que eu quero ver — disse D. Teodora.

— Quem lhe hei de eu dizer que a procura?

— Diga-lhe que é uma pessoa.

A este tempo estava já na janela a Sr.ª D. Tomásia Leonor, cuja atenção fora chamada pelo desabrimento do diálogo.

— Quem é a senhora? — perguntou a viúva do tenente.

D. Teodora empertigou o pescoço, e, como visse uma mulher de touca parda e já avelhantada, conjecturou que falava com uma criada.

— Quero falar à senhora viúva.

— Abra a porta, José — disse D. Tomásia ao criado.

Subiu a fidalga com o tio, entraram na sala de espera, que já estava aberta, e daí a pouco entravam noutra sala, que era a das visitas.

D. Teodora olhava em derredor de si por sobre aqueles riquíssimos mognos e mármores, e dizia entalada:

— Olha o meu dinheiro por onde anda!...

Paulo benzia-se e murmurava:

— Parece o palácio do rei!

D. Tomásia demorara-se a mudar de touca, de casebeque e botinhas. Entrou na sala com o garbo de lisboeta, e disse a D. Teodora:

— Eu desejo saber com quem tenho a honra de falar.

— Então a senhora é que é viúva?

— Eu é que sou a viúva do tenente de infantaria 13, João da Silva Gonçalves. Dar-se-á caso que V. Ex.ª seja uma prima que meu marido tinha na província do Minho?

— Não sou quem vossemecê pensa.

— Então tem a bondade de dizer...

— Pois a senhora é que é a tal pessoa?... — tornou

Teodora, já menos raivosa que espantada do depravado gosto do marido.

— Que pessoa? Não sei de quem a senhora fala.

— A amásia de meu marido...

— Amásia de seu marido!... Cruzes!... A senhora veio enganada... Eu sou uma viúva honrada; chamo-me Tomásia Leonor. Quem é o marido da senhora?!

— Meu marido é o deputado Calisto Elói. Já sabe.

— Ah! — exclamou Tomásia. — Então V. Ex.ª é esposa do Sr. Morgado...

— Já me conhece?! — disse sorrindo ferozmente Teodora. — Ora ainda bem.

— Agora tenho a honra de a conhecer; mas eu não sou a pessoa que V. Ex.ª procura. Bem vê que sou uma mulher de idade, e por desgraça estou aqui nesta casa da prima do Sr. Morgado como dispenseira e aia da fidalga.

— E que é da tal fidalga?

— Anda a viajar pela Europa.

— Onde é a Europa? — perguntou D. Teodora colérica.

— A Europa é este mundo por onde anda a gente, minha senhora — respondeu prontamente a viúva, sorrindo da ignorância da outra.

— Mas é longe onde está a tal prima do meu marido?

— Muito longe: eles já embarcaram há seis dias... Deus sabe onde eles estão agora.

— Pois foram os dois? — bradou Teodora, sacudindo murros fechados.

— Foram, sim, minha senhora.

— E quando voltam?

— Quem sabe!... Os fidalgos não disseram nada; pode ser que passem alguns meses lá fora.

— Raios os partam! — vociferou Teodora.

— Deus os defenda! — emendou Tomásia. — Pois V. Ex.ª deseja tanto mal a seu marido, que é um anjo, e a sua prima, que é um serafim!...

— A minha prima?! — ululou a morgada.

— Sim, minha senhora; pois tão prima é ela do marido de V. Ex.ª como sua.

— Ela o que é, sabe que mais? é uma desavergonhada, e tudo que aqui está é meu, foi comprado com o meu dinheiro!...

— Seria — disse Tomásia algum tanto enfadada — seria, mas eu não tenho nada com isso, minha senhora. A Sr.ª D. Ifigênia Ponce de Leão entregou-me a sua casa, quando foi viajar: hei de entregar-lha como a recebi; e V. Ex.ª lá se avenha com seu marido, quando ele voltar.

D. Teodora Figueiroa, empuxada por impulsos dos nervos, corria de ângulo para ângulo o salão. De uma vez, olhou por entre duas portadas malfechadas para o interior de outra sala, e exclamou:

— Olhe, meu tio, olhe que riqueza aqui vai!

Deu um pontapé nas portadas, e entrou, bradando:

— O meu dinheirinho! o meu dinheirinho!...

Era ali o suntuoso gabinete de leitura e música de D. Ifigênia. Ornavam as paredes dois retratos a corpo inteiro: Calisto Elói com a farda de fidalgo cavaleiro, e Ifigênia trajada de amazona...

— Olha o meu marido! — clamou Teodora. — Aquela é a tal mulher? — perguntou à espantada Tomásia.

— Aquela é a Sr.ª D. Ifigênia.

— Vou rasgar aquele diabo! — berrou a morgada, arrastando uma cadeira para trepar.

— Isso alto lá, minha senhora! — acudiu irada a despenseira. — V. Ex.ª não estraga coisa nenhuma. E, se continua nesse disparate, eu mando chamar o cabo da rua para a pôr lá fora.

— Pôr-me a mim lá fora?! — bradou Teodora.

— Sim, minha senhora, que isto não são termos. Nem me parece senhora! Cá em Lisboa ações destas só as praticam as peixeiras.

Paulo foi ao pé da sobrinha, e disse-lhe:

— Teodora, vamos. A mulher tem razão, porque é criada da casa e tem de dar contas.

— Não sou criada; sou aia da fidalga — corrigiu a viúva, ofendida nas dragonas do seu defunto tenente.

— Aia, ou o diabo que é — tornou Paulo. — Vem daí

sobrinha — e tirou-a pelo braço, enquanto ela assestava os punhos fechados ao retrato de Ifigênia.

À saída daquela casa, D. Teodora, a consorte fiel, a mulher que fez eclipse nas virtudes conjugais do Indostão, sentiu quebrar-se o último cabelo que a prendia à história das pessoas exemplares.

Naquela hora funesta, lembrou-se com saudades do primo Lopo de Gamboa.

O patife vencera!

XXXV

A FELICIDADE INFERNAL DO CRIME

Recebeu Calisto Elói em Paris a minudenciosa narrativa dos fatos acontecidos, e escondeu de Ifigênia a carta de D. Tomásia.

Foi tamanha sua vergonha e ódio, que dali escreveu a Lopo de Gamboa, reagradecendo-lhe o aviso que lhe dera do infame projeto de Teodora; e lhe asseverava que, depois de tão incrível e original desaforo, se considerava viúvo, e nunca mais adiante de seus olhos consentiria semelhante fúria. Ajuntava que, na volta para Portugal, ia requerer divórcio, e separação do casal, se a esse tempo Teodora se não houvesse recolhido à sua casa de Travanca, sem tocar no mínimo dos valores pertencentes ao casal da Agra de Freimas.

Tirante o que, nesta carta, dizia respeito ao aviso enviado para Lisboa, Lopo leu declamatoriamente as ameaças de Calisto, e os epítetos injuriosos com que ele castigava a petulância da mulher. Ao tempo desta leitura, supérflua já era tão rija catapulta para derrubar a virtude de Teodora.

Quase impassivelmente recebeu ela os insultos. Cuidou logo em transferir-se para o seu solar, e repartiu entre o velho Paulo e o seu primo Lopo o cuidado da administração dos seus abastosos vínculos. Ora, o primo Lopo, a fim de esmerar-se na tarefa que lhe era confiada, mudou a sua residência para casa da prima, e cuidou de restituir àquele solar a antiga majestade dos defuntos Figueiroas. Para isto, lhe transmitiu sua prima aquele caixote de peças, que para ali estavam amuadas, desde que o governador da Índia voltara com elas de além-mar, provavelmente adquiridas com tanta honestidade como agora iam ser esbanjadas.

Graças às modistas de Penafiel, e, mais ainda, às meninas da estalagem, D. Teodora Figueiroa afeiçoou-se ao merinaque, e ao feitio e estofo do vestido e paletó. O primo Lopo dizia-lhe, algumas vezes, que ela, em companhia de Calisto, era um diamante bruto; e se nisto havia encarecimento, até certo ponto o bacharel maravilhava-se do influxo que o trajar exercitava nas formas de sua prima. A cintura adelgaçou-se; apequenou-se-lhe o pé; alargaram-se-lhe os quadris; amaciou-se-lhe a cútis; branquearam-se-lhe os braços; escampou-se-lhe a fronte com o riçado dos cabelos; toda ela adquiriu no andar certo requebro e donaire que lhe ia tão ao natural como se tivesse sido educada por salas e adestrada em flexuras de dança! A mulher, com efeito, é um mistério! Estas metamorfoses aos 40 anos só podem fazer-se e estudar-se a espelho, cujo aço tem composição dos laboratórios daquele imaginoso chefe dos rebeldes que Deus despenhou do empíreo, sem todavia o esbulhar dos dons da inteligência!

E, por sobre tudo isto, para que ninguém duvide da intervenção diabólica neste caso, Teodora vivia contente, esquecida, feliz!

XXXVI

Saldo de contas conjugal

Chegou a Paris a boa-nova, desacompanhada de pormenores desonrosos. Dizia apenas o feitor do morgado que a fidalga se retirara para Travanca, deixando tudo que encontrara, e levando tudo que trouxera. Lopo de Gamboa industriara o feitor na direção que havia de dar à carta. Faltou-lhe apurar o desavergonhamento ao extremo de continuar correspondência com o marido de sua prima.

Calisto desandou para Lisboa, prevenindo Tomásia que ocultasse de Ifigênia a indecorosa cena que sua mulher fizera. Na volta de Paris, o morgado aposentou-se no palacete da brasileira. O passeio à Europa limpou-lhe do espírito as teias: é bom desempoeirar os olhos com a viração salutar dos ares de França e Itália. Lisboa pareceu a Calisto Elói terra pequena demais para sacrifícios tamanhos. Emancipou o coração.

Assistiu ainda o deputado a algumas sessões parlamentares. Floreou os seus discursos com as recordações do progresso industrial no estrangeiro. Enlevou-se nas delícias de França, e não andou por muito longe da frase arroubada do Dr. Libório de Meireles na apologia dos esplendores estranhos e lamentações das misérias da Pátria.

Providenciou sobre negócios de sua casa, para que os recursos lhe não minguassem nas pompas do seu viver em Lisboa, e começou um doce viver, não mareado de mínimo dissabor. Renasceu-lhe no espírito, já livre de sobressaltos do coração, o amor à leitura de livros modernos, em que se lhe deparavam luzes e ideias, que ele, a furto, conseguia entrever nas literaturas antigas.

Avermelhava-se-lhe o rosto, quando lia o seu discurso acerca do luxo, e o outro mais tolo sobre a Lucrécia Bórgia do teatro lírico. A ciência moderna flagelava-o. Tinha ele escrito nos dois primeiros meses alguns cadernos de papel, no propósito de dar à estampa um livro contra o luxo. Releu com pejo a sua obra, e ordenou a um criado que queimasse o manuscrito. O criado não o queimou. Escondeu-o sem mau intento; e alguma vez saberá o mundo literário como aqueles papéis vieram à minha mão, e ainda me são deleite e lição de sã linguagem e sãs doutrinas.

Decorreram alguns meses sem sucesso que dê capítulo de algum interesse. Fechado o triênio da legislatura, Calisto Elói foi agraciado com o título de barão da Agra de Freimas, e carta de conselho. Sondou o ânimo de alguns influentes eleitorais de Miranda para reeleger-se pelo seu círculo. Disseram-lhe que o mestre-escola lhe hostilizava a candidatura, emparceirado com o boticário. Arranjou o barão dois hábitos de Cristo, que fez entregar, com os respectivos diplomas, aos dois influentes. Na volta do correio foi-lhe assegurada a eleição, que, de mais a mais, o Governo apoiava.

Por esta ocasião, Brás Lobato, reatada a amizade antiga, escreveu ao fidalgo uma carta em que, pouco menos de brutalmente, reproduzia os boatos correntes acerca do procedimento da Sr.ª D. Teodora com o seu primo Lopo de Gamboa.

O barão experimentou um mal-estar de espécie nova, que se desvaneceu a pouco e pouco, e só mui levemente se repetiu no dia seguinte. Eu creio que o homem aprendera em Paris dois consolativos versos de Molière:

> Quel mal cela fait-il? la jambe en devient-elle
> Plus tortue, après tout, et la taille moins belle?

Averiguei quanto em mim coube o viver interno de Ifigênia e do primo. Convinha-me descobrir amarguras lá dentro, para tirar delas o sintoma de expiação. Não descobri coisa alguma que não fosse invejável. O mais que se me deixou ver de novidade foram duas crianças loiras, lindas, alvas de neve, e amimadas entre Ifigênia e Calisto como dois penhores de felicidade infinita.

Como ali caíram dos pombais do céu aquelas duas avezinhas, que saltitavam dos braços de um para o colo do outro, não sei. Eu digo ao leitor o que as mães dos recém--nascidos dizem aos filhos mais velhos: "Vieram de França numa condessinha."

Ouvi rosnar que no solar de Travanca também apareceu um repolhudo menino, que, pelos modos, também veio no cesto de alguma parte. Se não fossem estas remessas prodigiosas de crianças, acabavam duas ilustríssimas famílias sem posteridade. A natureza é muito engenhosa.

O barão esperava que a mulher morresse, para legitimar os seus meninos, um dos quais se chamava Mem de Barbuda como seu 17º avô e o outro Egas de Barbuda como seu 18º avô.

A baronesa, que, digamo-lo depressa, não rejeitou o título do marido, esperava que o marido se aniquilasse na perdição dos seus costumes, para também legitimar o seu Barnabé. Chamava-se Barnabé aquele gordo menino, gordo que não parecia fruto outoniço de árvore já tão esgrouvinhada e resseca! O amor é tão engenhoso como a natureza.

Conclusão

Deixá-lo ser feliz: deixá-lo. Calisto Elói, aquele santo homem lá das serras, o anjo do fragmento paradisíaco do Portugal velho, caiu.

Caiu o anjo, e ficou simplesmente o homem, homem como quase todos os outros, e com mais algumas vantagens que o comum dos homens.

Dinheiro a rodo!

Uma prima que o preza muito!

Dois meninos que se cavalgam no costado!

Saúde de ferro!

E barão!

Conjectura muita gente que ele é desgraçado, apesar da prima, do baronato, dos meninos, do dinheiro e da saúde.

Eu, como já disse, não sei realmente se lá no recesso daqueles arcanos domésticos há borrascas.

Na qualidade de anjo, Calisto sem dúvida seria mais feliz; mas, na qualidade de homem a que o reduziram a paixões, lá se vai concertando menos mal com a sua vida.

Eu, como romancista, lamento que ele não viva muitíssimo apoquentado, para poder tirar a limpo a sã moralidade deste conto.

Fica sendo, portanto, esta coisa uma novela que não há de levar ao céu número de almas mais vantajoso que a novela do ano passado.

Guia de leitura

A QUEDA DUM ANJO*

Camilo Castelo Branco

TEXTO INTEGRAL

1. Quem protagoniza a obra?

2. Qual é o tipo de narrador? Justifique.

3. Identifique o(s) capítulo(s) referente(s) ao clímax da narrativa.

Segundo o dicionário *Aulete Digital* da Língua Portuguesa (Lexicon, 2010), determinismo é um "Sistema de ideias segundo o qual cada fenômeno é rigorosamente condicionado pelos que o antecederam e dos quais é consequência".

Teoria que começou a tomar corpo principalmente a partir do século XVIII, o determinismo concebe o indivíduo como produto do meio social e da hereditariedade. Assim, para os deterministas, essas forças prevalecem sobre o livre-arbítrio do ser humano.

---

* Para que o professor possa trabalhar o Guia de leitura com os alunos em sala de aula, não publicamos, aqui, o gabarito das questões. No entanto, pode-se obtê-lo entrando em contato conosco pelo telefone: (11) 3672 8144. Disponibilizamos o gabarito apenas para professores.

Na literatura, o determinismo se desenvolveu, principalmente, nas obras do movimento realista/naturalista. No entanto, pode-se afirmar que existem traços dessa teoria em *A queda dum anjo*. Com base nisso, responda:

4. *A queda dum anjo* pertence ao Romantismo ou ao Realismo/Naturalismo? Justifique.

5. De que modo a obra de Camilo Castelo Branco pode ser considerada como "à frente de seu tempo"?

6. De que modo o estilo de Camilo Castelo Branco se diferencia do de outros escritores do mesmo movimento literário que seguiu?

7. O autor se enquadra na primeira, segunda ou terceira fase desse movimento? Por quê?

8. a) O que levou Calisto a mudar-se para a capital (Lisboa)? Qual era o ideal buscado pelo protagonista?
b) Qual foi a principal razão da queda de Calisto? Qual personagem o motivou a isso?

9. a) O capítulo 23 se intitula "Tenta o seu anjo da guarda salvá-lo mediante uma carta da esposa". O que dizia essa carta?
b) Qual foi a reação de Calisto?

10. Alguns críticos literários afirmam que *A queda dum anjo* é um romance de tese. De acordo com a afirmação e com o desfecho da obra, qual a tese desenvolvida por Camilo Castelo Branco?

Questões de vestibular

(UNESP)

"Assim que os personagens dos romances começam a ganhar a estima ou aversão de quem lê, vem logo ao leitor a vontade de compor a fisionomia do personagem plasticamente. Se o narrador lhe dá o bosquejo, a imaginativa do leitor aperfeiçoa o que sai muito em sombra e confuso no informe debuxo do romancista. Porém, se o descuido ou propósito deixa ao alvedrio de quem lê imaginar as qualidades corporais de um sujeito importante como Calisto Elói, bem pode ser que a intuição engenhosa do leitor adivinhe mais depressa e ao certo a figura do homem que se lha descrevessem com abundância de relevos e rara habilidade no estampá-los na fantasia estranha. Não devo ater-me à imaginação do leitor neste grave caso. Calisto Elói não é a figura que pensam. Estou a adivinhar que o enquadraram já em molde grotesco, e lhe deram a idade que costuma autorizar, mormente no congresso dos legisladores, os desconcertos do espírito, exemplificados pelo deputado por Miranda. Dei azo à falsa apreciação, por não antecipar o esboço do personagem."

Não são poucos os casos em que, no interior do próprio romance, os autores revelam preocupação quanto à recepção de seus textos. Há aqueles que explicitam esta preocupação como pretexto literário, irônico, como é o caso de Camilo Castelo Branco. No trecho em pauta, o narrador revela ter opinião definida sobre as reações do leitor perante Calisto Elói, o protagonista de *A queda dum anjo*. Releia o fragmento que lhe apresentamos e, a seguir, responda:

a) De acordo com o narrador, o leitor é um ser ativo ou passivo na recepção de um romance? Cite um trecho que justifique sua resposta.

b) De acordo com o narrador, que imagem o leitor fizera de Calisto Elói, positiva ou negativa? Cite um trecho que justifique sua resposta.

O OBJETIVO, A FILOSOFIA E A MISSÃO DA EDITORA MARTIN CLARET

O principal objetivo da Martin Claret é contribuir para a difusão da educação e da cultura, por meio da democratização do livro, usando os canais de comercialização habituais, além de criar novos.

A filosofia de trabalho da Martin Claret consiste em produzir livros de qualidade a um preço acessível, para que possam ser apreciados pelo maior número possível de leitores.

A missão da Martin Claret é conscientizar e motivar as pessoas a desenvolver e utilizar o seu pleno potencial espiritual, mental, emocional e social.

O livro muda as pessoas. Revolucione-se: leia mais para ser mais!

MARTIN CLARET

Relação dos Volumes Publicados

1. Dom Casmurro
Machado de Assis
2. O Príncipe
Maquiavel
3. Mensagem
Fernando Pessoa
4. O Lobo do Mar
Jack London
5. A Arte da Prudência
Baltasar Gracián
6. Iracema / Cinco Minutos
José de Alencar
7. Inocência
Visconde de Taunay
8. A Mulher de 30 Anos
Honoré de Balzac
9. A Moreninha
Joaquim Manuel de Macedo
10. A Escrava Isaura
Bernardo Guimarães
11. As Viagens - "Il Milione"
Marco Polo
12. O Retrato de Dorian Gray
Oscar Wilde
13. A Volta ao Mundo em 80 Dias
Júlio Verne
14. A Carne
Júlio Ribeiro
15. Amor de Perdição
Camilo Castelo Branco
16. Sonetos
Luís de Camões
17. O Guarani
José de Alencar
18. Memórias Póstumas de Brás Cubas
Machado de Assis
19. Lira dos Vinte Anos
Álvares de Azevedo
20. Apologia de Sócrates / Banquete
Platão
21. A Metamorfose/Um Artista da Fome/Carta a Meu Pai
Franz Kafka
22. Assim Falou Zaratustra
Friedrich Nietzsche
23. Triste Fim de Policarpo Quaresma
Lima Barreto
24. A Ilustre Casa de Ramires
Eça de Queirós
25. Memórias de um Sargento de Milícias
Manuel Antônio de Almeida
26. Robinson Crusoé
Daniel Defoe
27. Espumas Flutuantes
Castro Alves
28. O Ateneu
Raul Pompeia
29. O Noviço / O Juiz de Paz da Roça / Quem Casa Quer Casa
Martins Pena
30. A Relíquia
Eça de Queirós
31. O Jogador
Dostoiévski
32. Histórias Extraordinárias
Edgar Allan Poe
33. Os Lusíadas
Luís de Camões
34. As Aventuras de Tom Sawyer
Mark Twain
35. Bola de Sebo e Outros Contos
Guy de Maupassant
36. A República
Platão
37. Elogio da Loucura
Erasmo de Rotterdam
38. Caninos Brancos
Jack London
39. Hamlet
William Shakespeare
40. A Utopia
Thomas More
41. O Processo
Franz Kafka
42. O Médico e o Monstro
Robert Louis Stevenson
43. Ecce Homo
Friedrich Nietzsche
44. O Manifesto do Partido Comunista
Marx e Engels
45. Discurso do Método / Regras para a Direção do Espírito
René Descartes
46. Do Contrato Social
Jean-Jacques Rousseau
47. A Luta pelo Direito
Rudolf von Ihering
48. Dos Delitos e das Penas
Cesare Beccaria
49. A Ética Protestante e o Espírito do Capitalismo
Max Weber
50. O Anticristo
Friedrich Nietzsche
51. Os Sofrimentos do Jovem Werther
Goethe
52. As Flores do Mal
Charles Baudelaire
53. Ética a Nicômaco
Aristóteles
54. A Arte da Guerra
Sun Tzu
55. Imitação de Cristo
Tomás de Kempis
56. Cândido ou o Otimismo
Voltaire
57. Rei Lear
William Shakespeare
58. Frankenstein
Mary Shelley
59. Quincas Borba
Machado de Assis
60. Fedro
Platão
61. Política
Aristóteles
62. A Viuvinha / Encarnação
José de Alencar
63. As Regras do Método Sociológico
Émile Durkheim
64. O Cão dos Baskervilles
Sir Arthur Conan Doyle
65. Contos Escolhidos
Machado de Assis
66. Da Morte / Metafísica do Amor / Do Sofrimento do Mundo
Arthur Schopenhauer
67. As Minas do Rei Salomão
Henry Rider Haggard
68. Manuscritos Econômico-Filosóficos
Karl Marx
69. Um Estudo em Vermelho
Sir Arthur Conan Doyle
70. Meditações
Marco Aurélio
71. A Vida das Abelhas
Maurice Materlinck
72. O Cortiço
Aluísio Azevedo
73. Senhora
José de Alencar
74. Brás, Bexiga e Barra Funda / Laranja da China
Antônio de Alcântara Machado
75. Eugênia Grandet
Honoré de Balzac
76. Contos Gauchescos
João Simões Lopes Neto
77. Esaú e Jacó
Machado de Assis
78. O Desespero Humano
Sören Kierkegaard
79. Dos Deveres
Cícero
80. Ciência e Política
Max Weber
81. Satíricon
Petrônio
82. Eu e Outras Poesias
Augusto dos Anjos
83. Farsa de Inês Pereira / Auto da Barca do Inferno / Auto da Alma
Gil Vicente
84. A Desobediência Civil e Outros Escritos
Henry David Toreau
85. Para Além do Bem e do Mal
Friedrich Nietzsche
86. A Ilha do Tesouro
R. Louis Stevenson
87. Marília de Dirceu
Tomás A. Gonzaga
88. As Aventuras de Pinóquio
Carlo Collodi
89. Segundo Tratado Sobre o Governo
John Locke
90. Amor de Salvação
Camilo Castelo Branco
91. Broquéis/Faróis/Ultimos Sonetos
Cruz e Souza
92. I-Juca-Pirama / Os Timbiras / Outros Poemas
Gonçalves Dias
93. Romeu e Julieta
William Shakespeare
94. A Capital Federal
Arthur Azevedo
95. Diário de um Sedutor
Sören Kierkegaard
96. Carta de Pero Vaz de Caminha a El-Rei Sobre o Achamento do Brasil
97. Casa de Pensão
Aluísio Azevedo
98. Macbeth
William Shakespeare

99. Édipo Rei/Antígona
Sófocles

100. Lucíola
José de Alencar

101. As Aventuras de Sherlock Holmes
Sir Arthur Conan Doyle

102. Bom-Crioulo
Adolfo Caminha

103. Helena
Machado de Assis

104. Poemas Satíricos
Gregório de Matos

105. Escritos Políticos / A Arte da Guerra
Maquiavel

106. Ubirajara
José de Alencar

107. Diva
José de Alencar

108. Eurico, o Presbítero
Alexandre Herculano

109. Os Melhores Contos
Lima Barreto

110. A Luneta Mágica
Joaquim Manuel de Macedo

111. Fundamentação da Metafísica dos Costumes e Outros Escritos
Immanuel Kant

112. O Príncipe e o Mendigo
Mark Twain

113. O Domínio de Si Mesmo Pela Auto-Sugestão Consciente
Émile Coué

114. O Mulato
Aluísio Azevedo

115. Sonetos
Florbela Espanca

116. Uma Estadia no Inferno / Poemas / Carta do Vidente
Arthur Rimbaud

117. Várias Histórias
Machado de Assis

118. Fédon
Platão

119. Poesias
Olavo Bilac

120. A Conduta para a Vida
Ralph Waldo Emerson

121. O Livro Vermelho
Mao Tsé-Tung

122. Oração aos Moços
Rui Barbosa

123. Otelo, o Mouro de Veneza
William Shakespeare

124. Ensaios
Ralph Waldo Emerson

125. De Profundis / Balada do Cárcere de Reading
Oscar Wilde

126. Crítica da Razão Prática
Immanuel Kant

127. A Arte de Amar
Ovídio Naso

128. O Tartufo ou O Impostor
Molière

129. Metamorfoses
Ovídio Naso

130. A Gaia Ciência
Friedrich Nietzsche

131. O Doente Imaginário
Molière

132. Uma Lágrima de Mulher
Aluísio Azevedo

133. O Último Adeus de Sherlock Holmes
Sir Arthur Conan Doyle

134. Canudos - Diário de uma Expedição
Euclides da Cunha

135. A Doutrina de Buda
Siddharta Gautama

136. Tao Te Ching
Lao-Tsé

137. Da Monarquia / Vida Nova
Dante Alighieri

138. A Brasileira de Prazins
Camilo Castelo Branco

139. O Velho da Horta/Quem Tem Farelos?/Auto da Índia
Gil Vicente

140. O Seminarista
Bernardo Guimarães

141. O Alienista / Casa Velha
Machado de Assis

142. Sonetos
Manuel du Bocage

143. O Mandarim
Eça de Queirós

144. Noite na Taverna / Macário
Álvares de Azevedo

145. Viagens na Minha Terra
Almeida Garrett

146. Sermões Escolhidos
Padre Antonio Vieira

147. Os Escravos
Castro Alves

148. O Demônio Familiar
José de Alencar

149. A Mandrágora / Belfagor, o Arquidiabo
Maquiavel

150. O Homem
Aluísio Azevedo

151. Arte Poética
Aristóteles

152. A Megera Domada
William Shakespeare

153. Alceste/Electra/Hipólito
Eurípedes

154. O Sermão da Montanha
Huberto Rohden

155. O Cabeleira
Franklin Távora

156. Rubáiyát
Omar Khayyám

157. Luzia-Homem
Domingos Olímpio

158. A Cidade e as Serras
Eça de Queirós

159. A Retirada da Laguna
Visconde de Taunay

160. A Viagem ao Centro da Terra
Júlio Verne

161. Caramuru
Frei Santa Rita Durão

162. Clara dos Anjos
Lima Barreto

163. Memorial de Aires
Machado de Assis

164. Bhagavad Gita
Krishna

165. O Profeta
Khalil Gibran

166. Aforismos
Hipócrates

167. Kama Sutra
Vatsyayana

168. Histórias de Mowgli
Rudyard Kipling

169. De Alma para Alma
Huberto Rohden

170. Orações
Cícero

171. Sabedoria das Parábolas
Huberto Rohden

172. Salomé
Oscar Wilde

173. Do Cidadão
Thomas Hobbes

174. Porque Sofremos
Huberto Rohden

175. Einstein: o Enigma do Universo
Huberto Rohden

176. A Mensagem Viva do Cristo
Huberto Rohden

177. Mahatma Gandhi
Huberto Rohden

178. A Cidade do Sol
Tommaso Campanella

179. Setas para o Infinito
Huberto Rohden

180. A Voz do Silêncio
Helena Blavatsky

181. Frei Luís de Sousa
Almeida Garrett

182. Fábulas
Esopo

183. Cântico de Natal/ Os Carrilhões
Charles Dickens

184. Contos
Eça de Queirós

185. O Pai Goriot
Honoré de Balzac

186. Noites Brancas e Outras Histórias
Dostoiévski

187. Minha Formação
Joaquim Nabuco

188. Pragmatismo
William James

189. Discursos Forenses
Enrico Ferri

190. Medeia
Eurípedes

191. Discursos de Acusação
Enrico Ferri

192. A Ideologia Alemã
Marx & Engels

193. Prometeu Acorrentado
Esquilo

194. Iaiá Garcia
Machado de Assis

195. Discursos no Instituto dos Advogados Brasileiros / Discurso no Colégio Anchieta
Rui Barbosa

196. Édipo em Colono
Sófocles

197. A Arte de Curar pelo Espírito
Joel S. Goldsmith

198. Jesus, o Filho do Homem
Khalil Gibran

199. Discurso sobre a Origem e os Fundamentos da Desigual-dade entre os Homens
Jean-Jacques Rousseau

200. Fábulas
La Fontaine

201. O Sonho de uma Noite de Verão
William Shakespeare

202. Maquiavel, o Poder
José Nivaldo Junior

203. Ressurreição
Machado de Assis

204. O Caminho da Felicidade
Huberto Rohden

205. A Velhice do Padre Eterno
Guerra Junqueiro

206. O Sertanejo
José de Alencar

207. Gitanjali
Rabindranath Tagore

208. Senso Comum
Thomas Paine

209. Canaã
Graça Aranha

210. O Caminho Infinito
Joel S. Goldsmith

211. Pensamentos
Epicuro

212. A Letra Escarlate
Nathaniel Hawthorne

213. Autobiografia
Benjamin Franklin

214. Memórias de Sherlock Holmes
Sir Arthur Conan Doyle

215. O Dever do Advogado / Posse de Direitos Pessoais
Rui Barbosa

216. O Tronco do Ipê
José de Alencar

217. O Amante de Lady Chatterley
D. H. Lawrence

218. Contos Amazônicos
Inglês de Souza

219. A Tempestade
William Shakespeare

220. Ondas
Euclides da Cunha

221. Educação do Homem Integral
Huberto Rohden

222. Novos Rumos para a Educação
Huberto Rohden

223. Mulherzinhas
Louise May Alcott

224. A Mão e a Luva
Machado de Assis

225. A Morte de Ivan Ilicht / Senhores e Servos
Leon Tolstói

226. Álcoois e Outros Poemas
Apollinaire

227. Pais e Filhos
Ivan Turguêniev

228. Alice no País das Maravilhas
Lewis Carroll

229. À Margem da História
Euclides da Cunha

230. Viagem ao Brasil
Hans Staden

231. O Quinto Evangelho
Tomé

232. Lorde Jim
Joseph Conrad

233. Cartas Chilenas
Tomás Antônio Gonzaga

234. Odes Modernas
Anntero de Quental

235. Do Cativeiro Babilônico da Igreja
Martinho Lutero

236. O Coração das Trevas
Joseph Conrad

237. Thais
Anatole France

238. Andrômaca / Fedra
Racine

239. As Catilinárias
Cícero

240. Recordações da Casa dos Mortos
Dostoiévski

241. O Mercador de Veneza
William Shakespeare

242. A Filha do Capitão / A Dama de Espadas
Aleksandr Púchkin

243. Orgulho e Preconceito
Jane Austen

244. A Volta do Parafuso
Henry James

245. O Gaúcho
José de Alencar

246. Tristão e Isolda
Lenda Medieval Celta de Amor

247. Poemas Completos de Alberto Caeiro
Fernando Pessoa

248. Maiakósvski
Vida e Poesia

249. Sonetos
William Shakespeare

250. Poesia de Ricardo Reis
Fernando Pessoa

251. Papéis Avulsos
Machado de Assis

252. Contos Fluminenses
Machado de Assis

253. O Bobo
Alexandre Herculano

254. A Oração da Coroa
Demóstenes

255. O Castelo
Franz Kafka

256. O Trovejar do Silêncio
Joel S. Goldsmith

257. Alice na Casa dos Espelhos
Lewis Carrol

258. Miséria da Filosofia
Karl Marx

259. Júlio César
William Shakespeare

260. Antônio e Cleópatra
William Shakespeare

261. Filosofia da Arte
Huberto Rohden

262. A Alma Encantadora das Ruas
João do Rio

263. A Normalista
Adolfo Caminha

264. Pollyanna
Eleanor H. Porter

265. As Pupilas do Senhor Reitor
Júlio Diniz

266. As Primaveras
Casimiro de Abreu

267. Fundamentos do Direito
Léon Duguit

268. Discursos de Metafísica
G. W. Leibniz

269. Sociologia e Filosofiia
Émile Durkheim

270. Cancioneiro
Fernando Pessoa

271. A Dama das Camélias
Alexandre Dumas (filho)

272. O Divórcio / As Bases da Fé / e outros textos
Rui Barbosa

273. Pollyanna Moça
Eleanor H. Porter

274. O 18 Brumário de Luís Bonaparte
Karl Marx

275. Teatro de Machado de Assis
Antologia

276. Cartas Persas
Montesquieu

277. Em Comunhão com Deus
Huberto Rohden

278. Razão e Sensibilidade
Jane Austen

279. Crônicas Selecionadas
Machado de Assis

280. Histórias da Meia-Noite
Machado de Assis

281. Cyrano de Bergerac
Edmond Rostand

282. O Maravilhoso Mágico de Oz
L. Frank Baum

283. Trocando Olhares
Florbela Espanca

284. O Pensamento Filosófico da Antiguidade
Huberto Rohden

285. Filosofia Contemporânea
Huberto Rohden

286. O Espírito da Filosofia Oriental
Huberto Rohden

287. A Pele do Lobo / O Badejo / o Dote
Artur Azevedo

288. Os Bruzundangas
Lima Barreto

289. A Pata da Gazela
José de Alencar

290. O Vale do Terror
Sir Arthur Conan Doyle

291. O Signo dos Quatro
Sir Arthur Conan Doyle

292. As Máscaras do Destino
Florbela Espanca

293. A Confissão de Lúcio
Mário de Sá-Carneiro

294. Falenas
Machado de Assis

295. O Uraguai / A Declamação Trágica
Basílio da Gama

296. Crisálidas
Machado de Assis

297. Americanas
Machado de Assis

298. A Carteira de Meu Tio
Joaquim Manuel de Macedo

299. Catecismo da Filosofia
Huberto Rohden

300. Apologia de Sócrates
Platão (Edição bilingue)

301. Rumo à Consciência Cósmica
Huberto Rohden

302. Cosmoterapia
Huberto Rohden

303. Bodas de Sangue
Federico García Lorca

304. Discurso da Servidão Voluntária
Étienne de La Boétie

305. Categorias
Aristóteles

306. Manon Lescaut
Abade Prévost

307. Teogonia / Trabalho e Dias
Hesíodo

308. As Vítimas-Algozes
Joaquim Manuel de Macedo

309. Persuasão
Jane Austen

310. Agostinho - Huberto Rohden

311. Roteiro Cósmico
Huberto Rohden

312. A Queda dum Anjo
Camilo Castelo Branco

313. O Cristo Cósmico e os Essênios - Huberto Rohden

314. Metafísica do Cristianismo
Huberto Rohden

315. Rei Édipo - Sófocles

316. Livro dos provérbios
Salomão

317. Histórias de Horror
Howard Phillips Lovecraft

318. O Ladrão de Casaca
Maurice Leblanc

319. Til
José de Alencar

Série Ouro
(Livros com mais de 400 p.)

1. Leviatã
Thomas Hobbes

2. A Cidade Antiga
Fustel de Coulanges

3. Crítica da Razão Pura
Immanuel Kant

4. Confissões
Santo Agostinho

5. Os Sertões
Euclides da Cunha

6. Dicionário Filosófico
Voltaire

7. A Divina Comédia
Dante Alighieri

8. Ética Demonstrada à Maneira dos Geômetras
Baruch de Spinoza

9. Do Espírito das Leis
Montesquieu

10. O Primo Basílio
Eça de Queirós

11. O Crime do Padre Amaro
Eça de Queirós

12. Crime e Castigo
Dostoiévski

13. Fausto
Goethe

14. O Suicídio
Émile Durkheim

15. Odisseia
Homero

16. Paraíso Perdido
John Milton

17. Drácula
Bram Stoker

18. Ilíada
Homero

19. As Aventuras de Huckleberry Finn
Mark Twain

20. Paulo – O 13º Apóstolo
Ernest Renan

21. Eneida
Virgílio

22. Pensamentos
Blaise Pascal

23. A Origem das Espécies
Charles Darwin

24. Vida de Jesus
Ernest Renan

25. Moby Dick
Herman Melville

26. Os Irmãos Karamazovi
Dostoiévski

27. O Morro dos Ventos Uivantes
Emily Brontë

28. Vinte Mil Léguas Submarinas
Júlio Verne

29. Madame Bovary
Gustave Flaubert

30. O Vermelho e o Negro
Stendhal

31. Os Trabalhadores do Mar
Victor Hugo

32. A Vida dos Doze Césares
Suetônio

33. O Moço Loiro
Joaquim Manuel de Macedo

34. O Idiota
Dostoiévski

35. Paulo de Tarso
Huberto Rohden

36. O Peregrino
John Bunyan

37. As Profecias
Nostradamus

38. Novo Testamento
Huberto Rohden

39. O Corcunda de Notre Dame
Victor Hugo

40. Arte de Furtar
Anônimo do século XVII

41. Germinal
Émile Zola

42. Folhas de Relva
Walt Whitman

43. Ben-Hur — Uma História dos Tempos de Cristo
Lew Wallace

44. Os Maias
Eça de Queirós

45. O Livro da Mitologia
Thomas Bulfinch

46. Os Três Mosqueteiros
Alexandre Dumas

47. Poesia de Álvaro de Campos
Fernando Pessoa

48. Jesus Nazareno
Huberto Rohden

49. Grandes Esperanças
Charles Dickens

50. A Educação Sentimental
Gustave Flaubert

51. O Conde de Monte Cristo (Volume I)
Alexandre Dumas

52. O Conde de Monte Cristo (Volume II)
Alexandre Dumas

53. Os Miseráveis (Volume I)
Victor Hugo

54. Os Miseráveis (Volume II)
Victor Hugo

55. Dom Quixote de La Mancha (Volume I)
Miguel de Cervantes

56. Dom Quixote de La Mancha (Volume II)
Miguel de Cervantes

57. As Confissões
Jean-Jacques Rousseau

58. Contos Escolhidos
Artur Azevedo

59. As Aventuras de Robin Hood
Howard Pyle

60. Mansfield Park
Jane Austen